novum pro

SANDRA SIEVERS

Titellos
Ein Buch über Gott und die Welt

Eine Psychose mit Sinn und Verstand

novum pro

www.novumverlag.com

Bibliografische Information
der Deutschen Nationalbibliothek:

Die Deutsche Nationalbibliothek
verzeichnet diese Publikation in
der Deutschen Nationalbibliografie.
Detaillierte bibliografische Daten
sind im Internet über
http://www.d-nb.de abrufbar.

Alle Rechte der Verbreitung,
auch durch Film, Funk und Fernsehen,
fotomechanische Wiedergabe,
Tonträger, elektronische Datenträger
und auszugsweisen Nachdruck,
sind vorbehalten.

© 2021 novum Verlag

ISBN 978-3-99107-598-1
Lektorat: Katharina Celadnik
Umschlagfotos: Kevin Carden,
Sonerbakir | Dreamstime.com
Umschlaggestaltung, Layout & Satz:
novum Verlag

Gedruckt in der Europäischen Union
auf umweltfreundlichem, chlor- und
säurefrei gebleichtem Papier.

www.novumverlag.com

Vorwort

„Nicht, dass du dich wieder zu sehr hineinsteigerst", antwortet meine jüngere Schwester auf meine Idee, erneut ein Buch zu schreiben. Mein erstes Buch endete in einer schweren Psychose. Ich verbrannte es, in der Hoffnung, der Spuk würde aufhören. Das tat er allerdings (noch) nicht.
Auch ich habe Sorge, dass wieder alles irgendwie komisch wird; ich also rückfällig werde.
Das Schreiben wird stets begleitet sein von dieser unterschwelligen Angst.
Jedoch ist diese Angst ohnehin tief in mir verankert – auch ohne das Schreiben eines Buches.
Das Buch wird mir hoffentlich dabei helfen, mich nicht so sehr alleine mit diesem schrecklichen Erlebnis zu fühlen. Ich möchte, dass andere Menschen mir zuhören und von meiner Psychose lesen, sodass dieses Gefühl von Einsamkeit wenigstens ein wenig abnimmt. Ja: Krankheit macht einsam.
Mein Wunsch ist es, durch das Schreiben dieses Buches mit der Psychose abschließen zu können.
Ein letztes Mal alle Erinnerungen aufschreiben, um sie mir von der Seele zu schreiben und um mich weniger allein mit dem Geschehenen zu fühlen – ja, das ist mein Ziel.

Mein erstes Buch handelte von der eigenen Selbst, dem Niemandsein und dem Jemandsein (wobei ich mich selbst als Niemanden bezeichnete), der Ungerechtigkeit auf der Welt – ja dem Unverständnis dafür, dass man bloß in Ländergrenzen denkt und sich nicht als eine Weltgemeinschaft sieht – ebenso wie von der Oberflächlichkeit des Lebens eines guten alten Steuerzahlers.

Gegen Ende des Buches versuchte ich, die Welt beziehungsweise ihre Entstehung zu erklären, und so schlich sich auch das Thema Gott mit ein. Ich begann das Schreiben meines ersten Buches als Ungläubige, entwickelte mich zu einer Gläubigen, die mit Gott in Kontakt stand und endete als ein Jemand, der sich für Gott hielt.

Mittlerweile bin ich ein Jemand, der bei Bemerkungen wie „Gott sei Dank", „Oh Gott", „Um Gottes Willen" etc. aufschreckt, da diese mich immer wieder an das Geschehene erinnern.

Mit dem Thema Gott und die Welt möchte ich einfach nichts mehr zu tun haben, daher nun mein Versuch, mit diesem Thema wenigstens teilweise abzuschließen.

Bruchteile meines ersten Buches habe ich beim Verbrennen beziehungsweise Löschen übersehen.
Diese sind als Anhang beigefügt.

Die Einfall- und Ausdehnungstheorie

unter Berücksichtigung der Doppel- bis Mehrfachdeutigkeit beziehungsweise -möglichkeit

Die Welt entstand nicht durch einen Urknall, sondern durch einen Einfall: ein erster kleiner Kern, der in sich zusammenfiel, ohne sich selbst dabei zu zerstören – er dehnte sich aus und alles entstand. Der Begriff „Einfall" ist doppeldeutig zu verstehen: Es gab schon immer einen Verstand (Gott), denn ohne Sinn und Verstand wäre alles gar nicht möglich. Somit sind Wissenschaft und Religion miteinander vereinbar. Wir Menschen sind in gewisser Weise eine große gespaltene Persönlichkeit. Alles ist bloß eine Mehrfachmöglichkeit des ersten Kerns – von der Pflanze über das Tier bis hin zum Menschen. Es braucht also keine komplizierten Formeln, um die Welt zu verstehen oder sie zu erklären; alles lässt sich durch die Ausdehnung des ersten kleinen Kerns erklären. Verstand gab es schon immer, Sinn ist die Existenz/das Leben/das Sein.

Die Seelenwanderung

in Anlehnung an Jean Paul

Jean Paul ging davon aus, dass es eine Seelenwanderung gibt. Der menschliche Körper ist bloß eine Hülle, die Seele beziehungsweise die Selbst ist der Kern.
Auch diese Theorie spielte in meiner Psychose/meinen Erfahrungen eine Rolle, besonders in den ersten Tagen.

Die Scheinwelt
und Gut und Böse

In meinem Buch beschrieb ich unsere Welt als eine Scheinwelt, in welcher das Sein nicht wahrlich möglich ist: Jeder von uns müsste sich schuldig fühlen, da wir jeden Tag die Kriege und Hungertode schweigend hinnehmen. Des Weiteren lassen die Regeln und Normen einer Solidaritätsgemeinschaft es nicht zu, die eigene Selbst zu entfalten oder frei auszuleben – wer kein braver Steuerzahler oder Durchschnittsbürger ist, steht am Rande der Gesellschaft und wird ausgegrenzt. Es gibt Gut und Böse, jedoch ist die Welt regiert von Bösem, schließlich werden noch immer Kriege geführt und noch immer ist der Besitz ungerecht verteilt. Besonders die vielen Gläubigen kritisierte ich, denn letztlich sind sie es doch, die stets für Nächstenliebe plädieren. Auch die Einteilung in Gut und Böse spielte eine Rolle in meiner Psychose.

Weitere

Erläuterungen

In diesem Buch schildere ich das Erlebte so, wie ich es in den jeweiligen Situationen wahrnahm; ich hielt mich nicht für verrückt – zumindest nicht im Sinne einer Erkrankung.
Gedanklich war ich tatsächlich verrückt: In einer realen Parallelwelt befand ich mich.
„Schließlich würde es Schriften wie die Bibel ohne solch Parallelwelterfahrungen" gar nicht geben. In der heutigen Zeit würde man Jesus wohl auch für verrückt und krank erklären", so schrieb ich in einem Brief an ein Kloster.
Sogar der Bundeskanzlerin schrieb ich einen Brief, auf welchen ich natürlich keine Antwort erhielt.
Doch ich war mir sicher: Ich bin nicht krank; ich stehe in Verbindung mit Gott und dem Jenseits.
Auch im Internet und im Fernsehen beziehungsweise in Serien sah ich Dinge, die andere nicht sahen.
Diese Dinge werde ich im weiteren Verlauf erläutern.
Im zwischenmenschlichen Bereich vernahm ich ebenfalls Dinge, die in unserer Welt so gar nicht geäußert wurden, die also nur ich hörte; mir eventuell bloß einbildete.
Noch immer ist es schwer für mich, mir einzureden, dass das alles nicht real war.
Es fühlte sich einfach zu real an und gleichzeitig war es auch das Schlimmste, das ich je erleben musste.

Theory

Es begann mit der Serie „The Big Bang Theory": Jeder war das Ich. „Schön, sich endlich richtig kennenzulernen", sagte man zueinander und gab sich die Hand.
Über die Stringtheorie machte man sich lustig. Des Weiteren spielten zwei Schauspieler ein Spiel mit einem langen Seil: „So weit?" „Ja, so weit" – „So weit" ist Gott also von uns Menschen entfernt.

Die Radiosendersuche

Am Morgen darauf öffnete ich Instagram – auch hier war jeder das Ich.
Außerdem gab es ein neues brutales Computerspiel, in welchem jeder gegen jeden kämpfte. Aufgrund dieses Spiels war ich besorgt: Die Menschen schienen das Leben nicht mehr wertzuschätzen, ist es doch bloß die ständige Wiedergeburt des Ichs.
Ich rief bei einer Universität für Physik an: „Haben Sie schon gehört, dass Gott sich bewiesen hat?
Gerne würde ich Ihnen meine Schriften zu dieser Thematik zeigen."
Es war Samstag und er „ohnehin der falsche Ansprechpartner".
So beschloss ich, zu einem lokalen Radiosender zu fahren.
„Worum geht es denn?" „Um die Rettung der Menschheit", antwortete ich.
Natürlich nahm man mich nicht ernst und der Chef sei auch nicht da, also fuhr ich weiter ins Ruhrgebiet, doch auch hier fand man keine Zeit für mich.
Enttäuscht fuhr ich wieder heim.

Deutschland
sucht das Weltkonzept

Abends lief „Deutschland sucht den Superstar" (DSDS) im Fernsehen. Auch hier war jeder das Ich.
Die Jury suchte nach einem Weltkonzept oder einem Spruch beziehungsweise Motto, doch kein Kandidat konnte überzeugen.
Ich fühlte mich angesprochen, also ließ auch ich mir Sprüche einfallen: „Der Glaube an das Gute", „Das Teilen einer Aufgabe: Leben", „Der Einfall".
Nichts half weiter, DSDS blieb komisch und verändert.
Das Ganze machte mir Angst, sodass ich meinen (mittlerweile Ex-)Freund fragte, ob ich vorbeikommen könne. Er willigte ein.

Karl
Lagerfeld

Bevor ich zu ihm fuhr, öffnete ich nochmals Instagram: Alles war voll von Karl Lagerfeld, da er verstorben war.
Hatte er etwas mit all den seltsamen Erlebnissen zu tun? Ich recherchierte und fand heraus, dass er vor ungefähr fünf Monaten Kontakt zu der Musikgruppe Genetikk, welche sich selbst als „junge Götter" bezeichnet, aufgenommen hatte.
Außerdem hinterließ er den Slogan „The beat goes on". Dem schien tatsächlich so zu sein; ja, ich war mir sicher, dass er hinter all diesen Dingen steckte.
Hatte er vor seinem Tod Ähnliches wie ich erlebt? Ist er gar zu Gott geworden? Vielleicht.

 Gott
ist groß

Bei meinem Freund angekommen bat ich um Stift und Papier, da ich weitere Einfälle hatte.
Ich schrieb Gleichungen wie „Gott = Liebe" auf, doch es gab stets eine unpassende Gleichung wie zum Beispiel „Sex = Gier". Es gab also immer eine Variable, die gegen eine Welt in Frieden sprach. Plötzlich überkam mich wieder die Angst: Ich hatte mich Gott zu sehr genähert.
Die Zettel wollte ich verbrennen. Mein Freund nahm sie letztlich an sich, um sie zu entsorgen.
„Ich fühle mich hier nicht zuhause", sagte er aus dem Nichts, als wir nebeneinander lagen.
Die Seelenwanderung? Wer oder was sprach durch ihn hindurch?
„Und, wird dir schon kalt?", fragte er. Ich fürchtete mich vor ihm.
Sein Lächeln war teuflisch; das Böse schien durch ihn hindurch zu sprechen.
„Bitte, lass mich weiterexistieren. Ich werde auch kleiner und unauffälliger auftreten", so musste ich – das Gute – ihn – das Böse – anflehen.
Er öffnete das Fenster und ich war mir sicher, er würde um Hilfe rufen, sodass das Böse letztlich stärker sein und siegen würde.
Das konnte ich nicht zulassen, also eilte ich zum Fenster, welches dabei zu Bruch ging.
„Gott ist groß!", schrie ich aus dem Fenster.
Nun war ich mir sicher: *Das* musste der zuvor gesuchte Spruch sein.

Tag 1
Die Polizei

Mein Freund Ivan rief die Polizei. Als diese eintraf sagte er, ich sei verrückt geworden und erzählte, was geschehen war. „Warum redest du so schlecht über mich?", fragte ich – schließlich war doch ich die Unschuldige beziehungsweise das Gute.
Die Polizei bat mich, mitzukommen.
Draußen rief ich nochmals „Gott ist groß!" – als eine Art Hilferuf.
Es waren zwei Polizisten, einer gut und der andere böse.
„Wir brauchen uns gegenseitig – der Kern und die Hülle – ebenso wie Gut und Böse, wir dürfen uns nicht vollständig zerstören", so sprach ich ihnen ins Gewissen.
Auf dem Präsidium angekommen ging es ähnlich weiter: Es gab sowohl gute als auch böse Polizisten.
Man wollte mich in eine Einzelzelle stecken. Ich wehrte mich und warf mich auf den Boden, hielt mich an den Beinen eines Polizisten fest.

„Ich kann jetzt nicht alleine sein", weinte ich bitterlich und voller Angst.
Schließlich waren sie gnädig mit mir und man brachte mich in ein Büro, in welchem bereits ein Polizist wartete, um mich zu vernehmen.
„Es tut mir so leid, dass ich alles und die Welt wie sie ist in Frage stellte; vielleicht brauchen wir doch den Schein neben dem Sein. Ich will bloß weiterexistieren dürfen, möchte zurück nach Hause und wünsche mir, dass alles wieder normal wird", sagte ich.
Die Polizisten diskutierten auf dem Flur miteinander.
Ich stand auf und sagte nochmals in den Flur hinein: „Wir brauchen uns gegenseitig, wir dürfen uns nicht vollständig zerstö-

ren." „Nun bleiben Sie mal ruhig, das wird schon wieder – lassen Sie mich mal machen", so der Polizist im Büro. Er setzte sich für mich ein, sodass ich wieder nach Hause durfte. Jedoch durfte ich nicht selbst fahren, mein Vater holte mich ab.

„Falls Sie auch einer von den Guten sind, melden Sie sich bei mir", flüsterte der Polizist meinem Vater als Verabschiedung zu.

Ich sah meinem Vater in die Augen und konnte nicht sicher beurteilen, ob er gut oder böse war.

Zuhause angekommen traf ich auf meine Mutter, in ihren Augen erkannte ich das Böse.

Voller Angst und Unsicherheit legte ich mich in mein Bett und quälte mich in den Schlaf.

Tag 2
Die Wiedergutmachung, die Polizei und der Psychologe

Am nächsten Morgen klopfte ich an die Zimmertür meiner Schwester. Gestern hatte ich sie nicht mehr gesehen. War sie gut oder böse? Hat das Böse ihr gar geschadet? Trotz mehrfachem lauten Klopfen öffnete sie nicht. Ich machte mir große Sorgen um sie, sodass ich meine Eltern dazu holte. Letztlich gelang es uns doch, sie zu wecken. Sie öffnete die Tür und sah erschöpft aus, jedoch schien sie zum Glück nicht böse zu sein.

Wenig später bat ich meinen Vater darum, mich in den Nebenort zu fahren, um mein Auto dort abzuholen. Er willigte ein. Während der Fahrt unterhielten wir uns.

„Falls dein TV Probleme macht, musst du ihn einschicken", so riet er mir.

„Aber heute ist Sonntag, was mache ich bloß mit dem TV? Ihn in den Keller stellen?", fragte ich.

Er antwortete nicht. Am Auto angekommen sagte er: „Du darfst nicht immer nur nehmen."

Was meinte er damit? Sollte ich mich bei meinem Freund für die letzte Nacht entschuldigen?

„Fahr ruhig schon mal nach Hause, ich hab noch was zu klären", sagte ich zu ihm und lief zu der Wohnung meines Freundes. Zur Begrüßung umarmten wir uns.

„Tut mir leid wegen dem Fenster", sagte ich. „Ach, schon gut", antwortete er.

Alles schien in Ordnung zu sein.

„Was mache ich mit meinem TV? Ihn in den Keller stellen?", fragte ich.
„Vielleicht ist das besser", so er.
„Komm, wir gehen spazieren", forderte er mich auf. Arm in Arm gingen wir durch die Stadt.
Langsam fing es an zu dämmern und mit zunehmender Dunkelheit wurde wieder alles eigenartig:
„Ich liebe dich", sagte ich. Darauf erwiderte er: „Ich liebe Ivan und Ivan liebt mich und dich mag ich auch". Da war es wieder: dieses teuflische Grinsen.
„Warum willst du mich zerstören?", fragte ich. „Komm, wir gehen wieder heim", sagte er.
Wieder hatte ich große Angst. *Was hat er vor?*, fragte ich mich.
An der Wohnungstür angekommen trafen wir auf einen Nachbarn. Er gab mir die Hand und stellte sich vor. Gerne hätte er sich noch weiter unterhalten, doch Ivan sagte: „Wir gehen jetzt rein, bis dann!".
„Er ist auch einer von den Guten", sagte Ivan zu mir. Wieder lächelte er teuflisch.
Deswegen wollte er sich also so kurzhalten.
In der Wohnung angelangt, begann ich zu weinen: „Warum tust du das? Warum bist du so zu mir?"
Plötzlich schrieb mir meine beste Freundin: „Wo bist du? Komm vorbei, ich bin zuhause".
Meine Rettung, dachte ich. „Ich fahre nun heim", sagte ich zu ihm.
„Fahr vorsichtig und denke während der Fahrt an nichts außer ‚Straße'", antwortete er.
Sprach mein Ivan hindurch? Wollte er mich vor dem Bösen schützen? Ja – so dachte ich.
Also fuhr ich zu meiner besten Freundin.
„Die Straße – ein Weg", sagte ich während der Fahrt immer wieder zu mir selbst und zwang mich so, an nichts Anderes zu denken.
Dort angekommen schrieb ich ihr, dass ich nun da sei und ob ich reinkommen solle.
„Ich komme raus", antwortete sie; ich durfte ihr Reich also nicht betreten.

Sie öffnete die Tür und ich fiel in ihre Arme. Ich weinte bitterlich: „Es tut mir so leid."
„Ist schon in Ordnung", sagte sie und umarmte mich mütterlich – sie war eine von den Guten. Sprach gar Gott durch sie hindurch? Vielleicht.
„Komm, wir gehen eine Runde spazieren und du erzählst mir erst mal ganz in Ruhe, was passiert ist", schlug sie vor. „Ivan hat mir geschrieben, ob ich nun zuhause sei. Was soll ich tun? Antworten? Und falls ja, was?", fragte ich verunsichert.
„Mach dir damit keinen Stress, lass dein Handy im Auto liegen, antworten kannst du auch später noch", antwortete sie.
Also gingen wir eine Runde spazieren und setzten uns schließlich auf eine Bank.
Ich erzählte ihr alles. „Ich kenne mich damit nicht aus, ich werde kurz telefonieren", sagte sie und nahm ein paar Schritte Abstand. Wenig später kam sie zurück und sagte: „Gleich kommt jemand, der uns helfen kann, aber erschreck dich nicht".
„Okay", antwortete ich – ich vertraute ihr.
Ein paar Minuten später fuhr ein großer Bulli auf uns zu: die Polizei – der Freund und Helfer.
Zwei Polizisten stiegen aus, einer unterhielt sich mit mir, der andere mit ihr.
Ich erzählte von dem Inhalt meines Buches und den Geschehnissen der letzten Tage.

„Wir kennen uns damit auch nicht aus", so die Polizei.
„Vielleicht kann ich mit einem Psychologen reden", schlug ich selbst als letztmögliche Lösung vor.
Schließlich ging es um Psychologie: die Seelenwanderung, das Unterbewusstsein, die eigene Selbst. „Falls ich jedoch recht habe mit meiner Theorie der Scheinwelt, so wird auch der Psychologe mir nicht helfen können", warnte ich vor.
Damit sollte ich recht behalten.
In der Psychiatrie angekommen sagte ich zwei Sätze und sofort sagte der Psychologe: „Akute Psychose! Sie muss hierbleiben!" In seinen Augen sah ich das Böse und gleichzeitig gro-

ßes Leid. „Sehen Sie? Ich hatte recht. Ich will nicht hierbleiben, bitte helfen Sie mir doch", so ich zur Polizei. Letztlich musste ich bleiben.

„Ich sehe das Leid in Ihren Augen, auch ich habe viel gelitten. Ich bin nicht nur gut – ich bin beides, gut und böse. Bitte sehen Sie mich nicht als Feind. Etwas spricht durch mich hindurch – wir dürfen uns nicht gegenseitig zerstören", sagte ich.

Plötzlich sah ich in den Augen des Psychologen Angst beziehungsweise Ehrfurcht.

„Sie sind also beides?", fragte er. „Ja", erwiderte ich.

Somit war ich ein Stück weit auch wie er.

Trotzdem machte ich mir noch Sorgen; man wollte mir eine Tablette geben, welche ich zunächst ablehnte, aus Angst, man wolle mich als das Gute eliminieren.

Nach weiterer Diskussion nahm ich sie doch noch ein und blieb in der Psychiatrie.

Wenig später ging ich in den Raucherraum, um eine Zigarette zu rauchen.

Die Menschen in diesem Raum sahen mich neugierig, ja fast schon gierig, an.

In ihren Augen erkannte ich das Böse und die Gier, ich fühlte mich als sei ich die einzige Gute weit und breit.

„Darf ich dir die Haare flechten?", fragte eine ältere Frau.

Trotz oder wegen meiner Angst willigte ich ein, ich wollte sie besser nicht zurückweisen.

Meine Angst schien unbegründet – das Flechten verlief ohne Schmerzen.

Ein junger Mann verließ den Raum und kam etwas später wieder zurück.

Er trug einen neuen Pulli, auf welchem „Ich habe eine Lösung, doch sie passt nicht zum Problem" stand.

Ich fühlte mich angesprochen und ja: Ich hatte keine passende Lösung.

Auch in dieser Nacht musste ich mich in den Schlaf quälen, das Gefühl von Angst und Verunsicherung ließ mich nicht los.

Die Zeitung

Mittlerweile befand ich mich auf der offenen Station.
Ich ging nach draußen, um eine Zigarette zu rauchen.
Dort angekommen sah ich einen Zeitungsstapel.
Ich schaute mir das Titelblatt an: „Was der Mensch wirklich ist", „Ein Gespräch zwischen Mann und Frau", „Autos sollten abgeschafft werden" waren die Titel auf der ersten Seite.
Ich ging wieder hoch und fragte das Pflegepersonal, ob ich die Zeitung reinholen könne.
„Ja, gerne", antwortete eine Pflegerin.
Als ich die Zeitung abholte, erschrak ich: Die Titel waren nun ganz andere.
Ich ärgerte mich, dass ich kein Foto gemacht hatte.

Gott steckt
in jedem von uns

Ich ging über den Flur und sagte so vielen Menschen wie möglich: „Gott steckt in jedem von uns, weil er leben will, doch ich will bloß Sandra bleiben – mit meiner Familie und meinen Freunden". Auch in WhatsApp nahm ich diese Aussage als Status. In gewisser Weise musste ich Gott dienen, er würde in alle Menschen einkehren, gegenüber welchen ich die oben genannte Aussage tätigte.

Mir fiel nach einiger Zeit auf: Ich durfte es nicht zu vielen Menschen sagen, denn sonst würden sehr viele Selbst verloren gehen und die Welt wäre im Diesseits wie im Jenseits:

Jeder wäre das Ich. Ich war zutiefst verzweifelt und wusste nicht weiter, legte mich schließlich ins Bett.

Die Sünde

Plötzlich war mein Feuerzeug verschwunden. Die Kontakte in meinem Handy wurden wie von selbst immer wieder gelöscht und hinzugefügt. Ich war mir sicher: Gott steckt dahinter.
War das Rauchen eine Sünde? Sollte ich es unterlassen?
Ich konnte nicht, da meine Sucht zu groß war.
Im Internet fand ich zudem genug Argumente beziehungsweise Ausreden, die das Rauchen zu keiner Sünde machten.
Draußen fragte ich einen jungen Mann, ob er Feuer habe.
„Hier, kannst du behalten", sagte er und streckte mir ein Feuerzeug entgegen.
Wenig später erzählte er mir, dass das Feuerzeug gestohlen sei.
Ich fühlte mich sehr schlecht – ich hatte gesündigt, da ich ein gestohlenes Feuerzeug besaß.
Und doch hatte ich nichts von diesem Diebstahl gewusst, also hoffte ich um Gnade.
Das Feuerzeug gab ich ihm wieder zurück.
„Kommst du mit auf mein Zimmer? Ich möchte dir etwas zeigen", sagte der junge Mann.
Ich weiß nicht mehr, was er mir zeigte, bloß an eine Aussage seinerseits erinnere ich mich: „Du weißt schon, dass wir es nun miteinander tun müssen?", fragte er.
„Nein, müssen wir nicht", antwortete ich.
Es war, als wären wir Adam und Eva, die eine gemeinsame Sünde begangen hatten – das gestohlene Feuerzeug war die verbotene Frucht.

Gott spricht
durch alles hindurch

Ich saß draußen und rauchte eine Zigarette. Neben mir saßen einige andere Menschen.
Ein älterer Mann sagte aus dem Nichts: „Der Mensch an sich ist nicht böse, es kommt darauf an, wie und ob er handelt". Er sprach meine Gedanken des ersten Buches aus, ohne dass ich ihm je davon erzählt hatte. Voller Furcht rannte ich zur Kapelle.
Dort öffnete ich ein Gebetsbuch und las: „Gott spricht durch alles hindurch."
War ich nun zu Gott geworden? Dehnte mein Verstand sich aus? In meinem Kopf vernahm ich Missempfindungen, ein Gefühl, als würde mein Gehirn unter Strom stehen – ja, ein Gefühl, als würde mein Verstand sich tatsächlich ausdehnen.
Ein anderer Mann sagte: „Manchmal habe ich das Gefühl, schon mal gelebt zu haben." – Wusste er unterbewusst um die ständige Wiedergeburt des Ichs?
Das alles machte mir Angst, ich ging hinauf in mein Zimmer und wusste genau, was zu tun beziehungsweise aufzuschreiben war: „Ich will nicht sicher um Gott wissen, nur glauben. Will, dass die Welt, die Menschen und alles erhaben bleiben".
Anschließend zerriss ich den Zettel und warf ihn in den Müll, um mich später nicht wieder erinnern zu können.
Noch immer nahm ich diese Missempfindungen wahr.
Als Jesus noch lebte gab es ein Erdbeben. Ich war mir sicher, dieses Erdbeben kam zustande, weil er ebenfalls die oben genannten Zeilen aufschrieb.
Es gab ein Erdbeben und eine Veränderung in seinem Gehirn: Er wusste nicht mehr sicher, glaubte nur noch. Daher auch der Glaube (nicht: das Wissen) an Gott.

Nach seiner Wiedergeburt war er also wahrscheinlich „dumm". Würde mir das Gleiche passieren? Ich hätte es in Kauf genommen, denn ich wollte bloß, dass dieser Albtraum endlich endete. Leider passierte nichts bis auf ein paar seltsame Aussagen von anderen Menschen (meine Zimmernachbarin mit teuflischer Stimme, als ich den Zettel in den Müll warf: „Na, haben wir unsere Pflicht wieder erfüllt?") und draußen wütete ein starker Wind.

Das Verbrennen
des Buches

Mittlerweile war ich mir sicher: Es gibt kein gut oder böse. Man ist immer beides. Auch Gott ist beides, niemand ist frei von Sünde. Alles ist gleich: gut und böse und das Ich.
Aufgrund all der schlimmen Erfahrungen beschloss ich, mein Buch zu verbrennen.
Ich fuhr heim und holte all meine Schriften nach draußen, um sie auf der Terrasse zu anzuzünden.
Währenddessen kam ein starker Wind auf; es war fast, als würde die Welt in jedem Moment untergehen.
Nach dem Verbrennen nahm ich entschlossen mein Handy zur Hand und erstellte einen neuen WhatsApp-Status: „Egal wer oder was ich bin: Mein Reich komme, mein Wille geschehe."
Anschließend setzte ich mich ins Auto, um wieder zurück zur Klinik zu fahren.

„Mein Reich komme. Es wird – wie in Büchern beschrieben – ein Paradies sein, jeder Mensch, jede Seele wird hier wieder lebendig sein, jeder wird seine Liebsten wiedertreffen", sagte ich während der Fahrt. Am Himmel taten sich Wolken in Form eines Herzens auf.
„Mein Reich komme – JETZT!", doch wie immer passierte nichts.
„Muss ich sterben für die Liebe?", fragte ich mich.
In meinem ersten Buch schrieb ich: „Ich würde sterben für die Liebe, niemals für den Hass." Körperlich hatte ich wieder Missempfindungen; ein Gefühl, als würde man ewig fallen oder sich in Luft auflösen.
„Aber ich kann nicht sterben, ich bin doch alles", sagte ich.

Verwirrt und verzweifelt kam ich bei der Klinik an, in welcher man schon auf mich wartete.

Ich bin Niemand und Alles – das Konzept einer Welt, doch keiner darf um das Konzept wissen, sonst würde eine Welt nicht funktionieren. Es gibt keinen Himmel beziehungsweise kein Paradies, der Himmel ist hier auf Erden und die Geschichte wiederholt sich immer wieder: die ständige Wiedergeburt des Ichs.

Die Hölle ist dort, wo Gott wohnt, schließlich ist er alleine und woanders, er kann nicht mit uns leben oder sein.

„Danke", sagte ein junger Mann mit teuflischem Lächeln.

Er war dankbar dafür, dass ich mich geopfert hatte, Gott zu sein.

Plötzlich hatte ich Angst zu sterben, ich ging zum Pflegepersonal und bat darum, mich in ein Krankenhaus zu bringen.

Natürlich nahm man mich nicht ernst und selbstverständlich passierte wieder nichts.

Katholiken glauben
an ein Wiedersehen

Wieder einmal drehten sich meine Gedanken um Gott und die Welt. *Dann bin ich eben Gott, ich werde warten auf Euch und bald werden wir uns alle wiedersehen*, dachte ich. Im gleichen Moment sagte jemand in der Sendung „Zwischen Tüll und Tränen": „Die Katholiken glauben an ein Wiedersehen."
Ständig passierte es, dass der Fernseher sprach, was ich dachte, doch an vieles kann ich mich nicht mehr oder bloß schleierhaft erinnern.
Es gibt kein schlimmeres Gefühl als jenes.
Man fühlt sich unendlich allein, ist es doch man selbst, die überall hindurch spricht.
Ein anderes Mal war ich in einem Supermarkt und dachte: *Dann muss ich es wohl akzeptieren; ich bin Gott geworden.*, und im Radio spielte plötzlich „I'll be the one".

Gedankenkreisen
und das Kreisen der Erde

Menschen sind Halbgötter, Gott und Mensch gehören voneinander getrennt und weitere Gedanken kreisten immer wieder in meinem Kopf. Ähnlich steht es auch in der Bibel – bloß anders, nämlich weniger grausam.

Der Mensch denkt, dass Gott und Mensch voneinander getrennt gehören – nicht Gott hat uns voneinander getrennt, sondern die Gedanken eines Menschen, der sich für Gott hielt. Ja, ich war mir sicher: Jesus hat damals das Gleiche erlebt.

Ich dachte sogar, dass die Welt sich durch Gedankenkreisen dreht.

„Ich will dumm sein", schrieb ich auf.

Plötzlich war die Werbung im TV verändert.

Es war die Aussage „Zu Risiken und Nebenwirkungen fragen Sie Ihren Arzt oder Apotheker", doch geschrieben stand dort ein Buchstabengewirr wie „nhjdkdf fjdf jksf jssjkfehfuehfu fedefed".

Ich war also Gott geworden. Alles, was ich wollte, würde überall geschehen.

„Ich möchte tot sein", schrieb ich auf, doch vernichtete den Zettel wieder.

Wieder einmal wusste ich nicht weiter und war zutiefst verzweifelt.

Ich nahm Zettel und Stift zur Hand und schrieb meinen letzten Willen auf: „Nach meinem Tod möchte ich wieder Sandra und ungläubig sein.

Meine Familie soll bleiben, wer sie heute sind. Von Gott will ich nichts wissen."

Wenige Tage später war ich wieder so verzweifelt, dass ich schrieb: „Ich will, dass Gottes letzter Wille passiert und falls nicht möglich, so möchte ich tot sein." Erneut warf ich den Zettel in den Müll und legte mich in mein Bett.

Wieder waren dort diese Missempfindungen in meinem Kopf. Ich würde nun also ungläubig und somit vielleicht (annähernd) hirntot werden, doch das hätte ich in Kauf genommen, wollte ich doch bloß, dass dieser Schrecken endlich ein Ende hat.

Ich stand auf und nahm den Zettel aus dem Müll, strich den Satz „Ich will tot sein" durch.

Wie immer passierte nichts. Weinend lag ich meinem Bett und quälte mich in den Schlaf.

Die Liebe
und das Unterbewusstsein einer Mutter

Meine Mutter kam zu Besuch.
Gemeinsam gingen wir in die Stadt und setzten uns dort auf eine Bank.
„Mama, ich glaube ich muss sterben, weil ich alles verstanden habe", sagte ich zu ihr.
„Wie schickt man nochmal ein Herz in WhatsApp?
Ach, ich weiß gar nicht, wie ich darauf nun komme", so sie.

#

ist eine Lüge

Ich dachte wieder über alles nach: die Einfalltheorie, die Wiedergeburt des Ichs und so weiter.
Das Leben ist der Einfall des ersten kleinen Kerns.
Nach unserem Tod bleibt wenigstens Staub übrig – viele kleine Kerne.
Ist das Leben also der Einfall des Todes?
Gibt es überhaupt Liebe in einer Welt, in welcher kein Du, sondern bloß das Ich existiert?
Plötzlich fühlte ich mich unendlich einsam und traurig.
Wenig später traf ich mich mit meiner besten Freundin, um ein wenig shoppen zu gehen.
„Ich fühle mich tot", sagte sie. Natürlich meinte sie damit bloß, dass sie erschöpft war, doch die Wortwahl ließ mich erschrecken – auch durch sie schien es hindurch zu sprechen.
Wenige Zeit später wurden Songs wie „Back to the start" von Michael Schulte oder „Vermissen" von Juju veröffentlicht. Es schien überall hindurch zu sprechen.
Im Radio, so kam es mir vor, wurden nur noch Liebeslieder gespielt.
Alles drehte sich um die Liebe und das Du – weil ich Angst hatte, alles (das Du und die Liebe) zu verlieren.

Der doppeldeutige Einfall
einer „Wir-Welt" mit Sinn und Verstand

Die Welt entstand durch einen Einfall: Ein erster kleiner Kern, der in sich selbst zusammenfiel, ohne sich dabei selbst zu zerstören.
Im Gegenteil – er dehnte sich aus und alles entstand.
Der Begriff „Einfall" ist doppeldeutig zu interpretieren.
Die Welt war der Einfall eines Verstandes.
Der Einfall: Ich will existieren. Sein. Leben. Und vor allem: nicht alleine sein.
Verstand *(Gott?)* existiert also schon immer, denn ohne Sinn und Verstand wäre alles gar nicht möglich.
Somit wären Religion und Wissenschaft miteinander vereinbar.

Die Menschheit und alles Leben ist eine große gespaltene Persönlichkeit.
Das Nicht-alleine-Sein gelingt durch die ständige Wiedergeburt des Ichs.
Viele Menschen berichten von einer Nahtoderfahrung, in welcher sie „ein Licht" gesehen haben.
Man erblickt also immer wieder aufs Neue das Licht der Welt, ohne sich an seine vorherigen Leben erinnern zu können.
Streng betrachtet lebt das Ich alleine auf dieser Welt und täuscht sich selbst, um nicht alleine sein zu müssen beziehungsweise sich wenigstens nicht alleine zu fühlen.

Der erste kleine Kern Verstand *(Gott?)* wollte leben.
Genau das gelingt ihm: das ewige Leben.
Er lebt in seinem eigenen Paradies – nicht alleine, an einem wunderschönen Ort namens Erde, in der Hülle eines Körpers, um sein und handeln – leben – zu können.

Die Fähigkeit des Vergessenkönnens ist der Schlüssel zur ständigen Wiedergeburt, nach welcher man sich eben nicht an sein vorheriges Leben erinnert.
Nur so ist das Leben im Hier und Jetzt, das Leben als Wir, möglich.
Niemand ist frei von Sünde, weil der erste kleine Kern Verstand es ebenfalls nicht war.
Es gibt Gut und Böse auf der Welt, da der erste Kern beides in sich trug.
Sind die Kriege und all das Leid auf dieser Welt also vorherbestimmt?
Ist ein Leben nun weniger wert, da es doch bloß das wiedergeborene Ich ist?
Sind Gott und Teufel eine Einheit, welche in uns allen steckt?
Warum tötet das Ich, welches doch im friedlichen Wir leben möchte?
Ist Mitgefühl nichts anderes als Selbstmitleid?
Aufgrund der Einfalltheorie kommen viele Fragen auf, die wohl keiner eindeutig beantworten kann, denn niemand von uns erinnert sich daran, als wir noch ein kleiner Kern waren, geschweige denn an vorherige Leben. Doch Fakt ist: Das Leben ist ein Wunder.
Jedes Leben, jeder Mensch besitzt eine Würde, die es nicht zu verletzen gilt.
Denn wollen wir doch bloß eines: wir sein.

Schon Jean Paul (* 21. März 1763 in Wunsiedel; † 14. November 1825 in Bayreuth) ging von einer Seelenwanderung aus. Möglicherweise sind das Leben und der Tod genau das: die Wanderung der Seele, die im Wir leben will.

Alles ist bloß eine von vielen „Mehrfachmöglichkeiten" des ersten Kerns – von der Pflanze über das Tier bis hin zum Menschen; alles trägt die Information des ersten kleinen Kerns in sich. Es braucht also keine komplizierten Formeln, um die Welt zu verstehen oder sie zu erklären; alles lässt sich durch die Ausdehnung des ersten kleinen Kerns, der leben wollte (den doppeldeutigen Einfall), erklären.

Das ewige
Universum

Die Welt entstand durch den Einfall eines ersten kleinen Kerns.
Nach dem Tod bleiben viele kleine Kerne übrig.
Nach dem Tod entsteht also Neues (Leben).
Es ist ein ewiger Kreislauf, ohne Beginn oder Ende.
Es gibt kleine Universen, welche zusammengenommen ein großes Ganzes, ein unendliches Universum, ergeben.

Gäbe es einen Anfang, so wäre der Anfang der Tod (also ein erster kleiner Kern), doch vor dem Tod kommt das Leben.
Somit ist wohl eher das Leben der Beginn, doch woher stammt der erste Kern?
Er wurde verursacht durch einen vorangegangenen Tod.
Ist also das „Nichts" (der Anfang des Universums laut vielen Physikern) gleichzusetzen mit dem Tod?
Nein, der Tod ist kein Nichts, er ist eine Ansammlung von Kernen und gleichzeitig ein Anzeichen für vorangegangenes Leben.
Doch was ist das Nichts?
Gibt oder gab es überhaupt ein Nichts?

In der Physik wird teilweise beschrieben, dass im Nichts bereits eine gewisse Energie, gewisse Umstände für ein Sein als Folge, vorhanden gewesen seien.
Ist diese Energie das Leben?
Schließlich ergibt sich aus dem Leben kein Kern, sondern erst aus dem Tod.
Ergibt sich also aus dem Leben Energie?
Ist das Leben die Voraussetzung für den Tod? Ja.

Ist der Tod/die Existenz von Nichts die Voraussetzung für das Leben/das Sein? Ja.
Somit wäre der Beginn der Tod/das Nichts/der Kern.
Doch woher kommt Nichts/der Tod/der Kern?
Nichts kann es nur dort geben, wo es einst „Etwas" gab.
Tod kann es nur dort geben, wo es einst Leben/Sein gab.
Der Kern kann nur dort existieren, wo einst Leben und Tod waren.
Ist das Leben der Beginn/das Nichts?
Das Leben ist die Voraussetzung für den Tod (s. o.).
Leben ist auch ein Anzeichen für vorangegangenes Etwas, denn wie soll aus dem Nichts Leben entstehen?
Es gab also eine gewisse Energie. Was ist diese Energie?
Ist es doch der Tod/der erste Kern?
Doch wo Tod ist, war einst Leben ...

Gibt es das ewige Leben? Ein Leben, das schon zu Beginn bestand? Oder ein Leben, das immer wieder neu entsteht (durch viele Tode von Universen), also eben ein ewiges Leben?

Ist das Leben die Energie, der Tod das Nichts?
Ein energiegeladenes Nichts ist also die Ewigkeit?

Der Tod ist jedoch nicht Nichts, er ist wenigstens ein Kern.
Ist das Leben/das Sein das energiereiche Nichts, der Tod das Etwas?
Leben/Sein ist nicht wirklich greifbar, denn wir wissen nicht viel über seinen Ursprung, der Tod hingegen ist greifbar, denn sein Ursprung ist das Leben.
Gibt es also bloß den Ursprung Leben?
Steht somit das Leben am Beginn?
Doch woher kommt das Leben?

Die Frage, ob der Tod (der Kern) oder das Leben (das Sein, das Etwas im Nichts) am Anfang stand, ist also nicht klar zu beantworten.
Somit scheint das Universum ewig zu sein.

Ist Ewigkeit gleichzusetzen mit Nichts?
Beides ist nicht greif- oder messbar.
Hat also die Physik recht, wenn sie sagt, alles hat seinen Ursprung im Nichts?
Vielleicht.

Ewigkeit/Nichts ist die Antwort auf die Frage, was zuerst existierte. Es existierte nichts und doch alles, das Leben und der Tod im ständigen Wechsel.
Das Nichts ist unendlich, die Ewigkeit ist nichts, beobachtet man sie von einem Zeitpunkt aus.

Gibt es einen Gott?
Der erste kleine Kern fiel in sich zusammen und alles entstand.
Einfach so? Wahrscheinlich nicht.
Der erste Einfall ist doppeldeutig zu verstehen.
Es war der Einfall/die Idee eines Verstandes.
Verstand ist also ebenfalls ewig.
Oder ist gar dieser Verstand der Beginn/die Energie im Nichts?
Gibt es Verstand seit der ersten Sekunde des Universums?
Wie sonst sollte ein so sinnvolles Universum entstehen, in dem auch Leben/Sein möglich ist?
Aus purem Zufall? Hatten wir einfach Glück?
Und wie kam es dazu, dass es nicht nur ein Lebewesen oder nur einen Menschen gibt?
Woher stammt der Gegenpart? Warum gibt es ihn?
Weil jemand den Wunsch/die Idee hatte, dass es ein Wir/ein Uns geben soll?
Warum gibt es Sterne und weitere Planeten?
Weil jemand den Wunsch hatte, wir hätten eine Umwelt, die es zu entdecken gilt?
Oder ist es der Egoismus eines Verstandes, der nicht alleine sein wollte?
Ein Verstand, der sich nach Liebe und Nähe sehnte?
Wird dieser Verstand immer wiedergeboren?

War der Urknall der Einfall des ersten kleinen Kerns Verstand, wie er endlich nicht mehr alleine ist?
Ein Einfall, welcher ewiges Leben in einem Paradies ermöglicht?
Sind die Niederschriften in der Bibel also anders auszulegen?
Leben wir bereits im Paradies, ohne es wahrlich zu wissen oder ohne die Welt als jenes anzuerkennen?
Schließlich werden noch immer Kriege geführt, noch immer gibt es Hunger, Armut und Leid.
Ist es gar unsere Aufgabe, die Welt als Paradies anzuerkennen und dementsprechend ein Leben voller Liebe und Nächstenliebe zu führen?
Und was kommt nach dem Tod, wenn es nicht das Paradies ist?
Es ist das Paradies. Wir werden ständig wieder hineingeboren, um weiterhin zu versuchen, unsere Aufgabe zu erledigen.
Und was passiert, wenn die Aufgabe eines Tages erledigt ist?
Erlischt dann unsere Sonne?
Werden wir in einem anderen Universum wiedergeboren und alles beginnt von vorne?
Ist unsere Bestimmung das ewige Leben im ewigen Streben nach Liebe?

Die „Mein-Werke"

Mir erscheint *(nicht: scheint)* es am sinnvollsten, mit der Ansammlung kleinerer und größerer Mein-Werke, die wohl *(mir selbst zu diesem Zeitpunkt noch nicht bewusst)* der Beginn einer Reise; der Anfang meiner Suche waren, zu beginnen. Dieses Noch-nicht-Bewusstsein ist meiner Meinung nach das Interessante daran, da sich mir aufgrund dessen die Fragen stellen:

Wusste mein Unterbewusstsein aus der nahen Vergangenheit bereits von dieser beginnenden Reise, dem Schreiben eines eigenen, vollständigen Werkes? Bestimmt das Unterbewusstsein die Zukunft? Meine eigene Nachhinein-Vorhinein-Entdeckung lässt mir selbst keine andere Vermutung zu, so ist meine Antwort: Ja.

Beeinflussen innere und äußere Einflüsse uns gleichermaßen?
Wurde das Innere zum Inneren durch das Äußere?
Verändert sich das Innere immer wieder durch das Äußere?
Durchlebt man in seinem Leben mehrere Persönlichkeiten?
Sofern das Innere sich durch äußere Einflüsse verändern lässt – durchaus.
Sofern das Innere das Bedürfnis hat, sich zu verändern – durchaus.

Ist auch der gesellschaftliche Zwang zu dem einen und einzig gesellschaftlich akzeptierten Leben von größerer Bedeutung? – Sicherlich: Er führt wohl entweder (unterbewusst?) zum Verlust der Selbst, um Teil dieser Gesellschaft sein und bleiben zu können/dürfen, oder aber führt er letztlich zur Entfesselung der Selbst, um bald wieder selbst zu sein.

Sofern die Wissenschaft oder die Psychologie etwas anderes behauptet: Habe ich nach einer Meinung gefragt? – Nein.

Lediglich erforsche ich meine eigene Psyche, um dies zu meiner eigenen Wissenschaft zu machen.
Das möchte ich: mir selbst Wissen über (m)eine Selbst schaffen.

Eventuell möchte ich nebenbei eine neue Weltbewegung erschaffen.
Wer weiß das schon. (Wer, wenn nicht Wir?)

Ich beginne also mit den **Mein-Werken aus der nahen Vergangenheit**, die wohl gleichzeitig die ersten Schritte einer Suche nach Etwas im Nichts waren.
Die meisten befinden sich in mündlicher und/oder geschriebener Form auf meinem Handy als mir dienendes Medium.

Zur Information: Das Schreiben dieses Mein-Werkes begann ich gegen Ende des Monats Januar im Jahre 2019. („Projekt 2020?")

Das Ende schrieb ich bereits relativ zu Beginn meines Schreibens (Handelns).

Nun zu den auserkorenen Selbstreflektionen und Mein-Werken aus der nahen Vergangenheit:
(11. 2018 bis einschließlich 21. 1. 2019 (Tag des ersten hörbaren Hilferufes))

Alle Werke dieses Buches sind urheberrechtlich geschützt. Habe ich selbst soeben beschlossen, ohne mich damit auszukennen. Meins ist meins. Man fragt vorher. Wo die Manier und der Anstand fehlt, da muss jedoch ein Recht her. Menschenrechte gelten übrigens auch für mich. Ab jetzt bitte ebenfalls einhalten.
Danke-trotz(t)-Selbstverständlichkeit.

3. 11. 2018
Die unumgesetzte Idee eines/mehrerer Fotos

1 Blumenwiese
1 Wiese mit einer darauf platzierten Blumenvase
1 Wiese mit einem darauf platzierten Foto einer Blumenvase
1 Wiese mit einem darauf platzierten Handy mit Blumenfoto
1 Wiese
1 Grab mit Blumen
1 leeres Grab
1 kleine Blume
1 eingegangene Blume
Unkraut
1 Biene auf einer Blume
1 tote Biene
1 Blumenstrauß in Vase auf abgemähtem Maisfeld *(2. 11. 2018)*

3. 11. 2018
Über Bücher und Erzählungen

Öffne nie ein Buch, um es bloß ohne Lesezeichen wieder zu schließen.
Manch' geöffnetes Buch wäre besser ewig verschlossen geblieben.
Einzig der Autor selbst kennt die korrekte Interpretation seiner Erzählungen.

6. 11. 2018

Die unumgesetzte Idee einer Horrorgeschichte (Sprachaufnahme)

Titel „Reanimation" o.Ä.

Ein junger Mann wurde nach 40 Minuten des Bangens zurück in das Leben geholt, die Reanimation war erfolgreich. Einerseits schätzt er sich glücklich, andererseits unglücklich, denn die Zwischenwelt der Geister lässt ihn trotz des Lebens im Hier und Jetzt nicht mehr los.

Geister, die auch zurück in ihren Körper; zurück in das Leben möchten, doch sie können nicht, schließlich ist ihr Körper als Hülle längst tot.
Die Geister stellen gescheiterte Reanimationsversuche dar, die lediglich gescheitert sind, weil man sich nicht genug Zeit nahm, man zu früh die Hoffnung aufgab.
Um ihr Leben kämpfte niemand ganze 40 Minuten lang.

Die Geister können weder zurück in ihren toten Körper, noch sind sie bereit dazu, das Diesseits zu verlassen, um in das Jenseits zu verschwinden. Sie sind gefangen als Geist in dieser Welt, doch ihr Körper ist bereits unter der Erde.
Der junge Mann war 40 Minuten Teil dieser Zwischenwelt, in welcher die Geister auch zu ihm Kontakt aufnahmen – schließlich war er 40 Minuten lang einer von ihnen.

Aufgrund dieses kurzen Aufenthaltes, in dem sein Geist mit anderen Geistern Bekanntschaft machte, steht sein Geist noch immer in Kontakt mit den Geistern der Zwischenwelt.
Sein Geist jedoch gelangte zurück in den Körper und wurde somit wieder Teil der realen Welt.

Zu seiner realen Welt zählt jedoch von nun an auch die Zwischenwelt als Parallelwelt.
Aufgrund dessen können die Geister weiterhin Kontakt mit ihm aufnehmen.

Ende Alternative 1:
Der Mann begeht einen Selbstmordversuch, wird jedoch erneut erfolgreich reanimiert.
Wieder der gleiche Arzt. Wieder nahm der Arzt sich die Zeit, die zur Lebensrettung notwendig war.
Der Geist des Mannes befand sich dabei erneut in der Zwischenwelt, in welcher er ursprünglich bleiben wollte, mit dem Ziel, ins Jenseits zu gelangen, denn hielt er es in einer Welt inklusive Parallelwelt nicht länger aus. Doch sah er seine Frau dort stehen, jämmerlich weinend, sodass er zurück in das Leben wollte. Die Reanimation war also erneut erfolgreich.
Zurück im Diesseits erzählten die Geister der Parallelwelt ihm weiter ihre Geschichten, unter anderem: Ein 40-jähriger Vater, der bei einem Motorradunfall ums Leben kam und daher die Geburt seines Kindes verpasste, seine Frau lebt nun allein und traurig an der Seite des Kindes. Er wollte zurück in das Leben, die Ärzte nahmen sich jedoch nur 15 Minuten Zeit für die Reanimation und gaben auf. Nun geistert er noch immer auf dieser Welt umher, gelegentlich besucht er seine Frau und das Kind, doch hält er es kaum aus, denn wird er als Geist von ihnen nicht gesehen oder wahrgenommen. Auch hält er es nicht aus, die Tränen seiner Frau zu sehen, sie nicht trösten zu können.

Ergänzung:
Die ersten Tage nach seiner Reanimation hörte der Mann bloß Stimmen. Er dachte, er sei psychisch erkrankt, ebenso seine Familie und Freunde hegten diesen Verdacht.
So begann er eine Therapie, nahm Medikamente, doch es wurde nicht besser. Eines Tages sprach ein anderer Geist zu ihm: „Erinnerst Du dich nicht mehr an mich? Wir haben uns fast 40 Minuten unterhalten. Ich bin Tommy. Wir sprachen darüber, wie ich aus dem Fenster fiel.
Hätte man sich die Zeit genommen, könnte auch ich heute ein Mann mit Familie sein." Plötzlich erinnerte sich der Mann tatsächlich an die-

ses Gespräch und wusste: Er ist nicht krank. Diese Parallelwelt existiert. Doch wird man ihm das niemals glauben, so muss er es als sein Geheimnis für sich bewahren.
Die Geister ließen ihn nie zufrieden, sodass er eines Tages verrückt wurde und unter Verfolgungswahn litt, der eigentlich keiner war.
Schließlich wurde er in eine geschlossene Klinik zwangseingewiesen.
Dort war er alleine mit sich und den Geistern, fixiert an einem Bett.
Die Geister sprachen trotzdem weiter mit ihm, zeigten ihm grausame Dinge.
Am liebsten hätte der Mann sich umgebracht, doch aufgrund der Fixierung gelang es ihm nicht.
Er wollte fliehen vor dieser Welt mit Parallelwelt, sie machte ihm nur noch Angst.
In sein echtes Leben kam er nach der Reanimation ohnehin nicht zurück, wer einmal in dieser Zwischenwelt war, den verfolgt diese bis zum Tod.

Ende Alternative 2:
Er bleibt für immer in der geschlossenen Klinik und stirbt an den Qualen der Angst vor der Parallelwelt oder aufgrund seines Alters. Jedoch gelangt auch sein Geist nicht in das Jenseits, sondern bleibt gefangen in der Zwischenwelt. Er wollte noch nicht gehen.
Nicht, bevor man ihm nicht endlich glauben würde. Doch er kann ohnehin nicht zurück, sein Körper ist mittlerweile zu sehr gealtert und zu schwach, um noch weiter einen Geist zu beherbergen.

Ende Alternative 3:
Er bricht aus der geschlossenen Klinik aus, um sich umbringen zu können.

Ganz anderes Ende:
Die Frau des Mannes war schwanger. Er bringt sich um.
Das Neugeborene wird mit der Fähigkeit geboren, mit der Parallelwelt in Kontakt treten zu können, ohne selbst dort gewesen zu sein. Es wurde vererbt, weil einst der Vater diese Welt betrat.
„Happy End": Der Vater bleibt auf ewig in der Parallelwelt gefangen, doch kann er wenigstens mit seinem Sohn in Kontakt treten.
Endszene: Der Vater als Geist spielt mit dem Kind, das Kind nimmt ihn als real wahr.

Kind liegt im Kinderbett – Vater rasselt mit einer Rassel – Kind lacht aus tiefstem Herzen, schläft schließlich lächelnd ein.
Alternativ: Der reanimierte Mann der Geschichte ist doch eine Frau, die schwanger war, sich letztlich aus Verzweiflung umbrachte. Das Kind im Bauch konnte gerettet werden.
Auch dieses Kind besitzt die Fähigkeit zur Kontaktaufnahme mit der Zwischenwelt, sodass es trotz allem nicht ohne Mutter aufwuchs.

27. 12. 2018
Zitat von Ernest Scheckeltyn

„Kannst du nicht siegen, lerne fliegen."

10. 01. 2019
Lebensbaum ohne Wurzeln

Ich kann mich mit meinem bisherigen Leben nicht identifizieren.
Weder mit meinem eigenen Handeln noch mit den bisherigen Weg(beg)leitern.
Ein Gefühl, als fehlen meinem Lebensbaum die Wurzeln.
Wer bin ich? Was soll ich hier? Bin ich überhaupt hier?

18. 01. 2019

Das Weinen eines Neugeborenen

Warum weinen Babys so viel? Können einzig sie die Grausamkeit der Realität erkennen, weil sie noch nicht beeinflussbar sind durch fremde Gedanken?
Hatte das Unterbewusstsein des Kindes sich auf eine andere Realität vorbereitet; sich auf eine andere Welt als diese gefreut?
Fühlt das Kind von der ersten Sekunde an Enttäuschung, noch bevor es einen klaren, bewussten Gedanken fassen kann?

18. 01. 2019

Der unterdrückte Wunsch des Ausbrechens

Objektiv betrachtet ist meine derzeitige Situation schlecht.
Doch ist das objektiv?
Niemand hat das große Ganze je verstanden.
Niemand sieht die kleinen Dinge, die eigentlich die ganz großen sind.
Warum will keiner *(außer mir)* ausbrechen?

18. 01. 2019

Selen für Haut und Haar

Ich bin ein Feind der Oberflächlichkeit.
Doch für diese Tiefsinnigkeit scheint mir keiner bereit.
Was soll ich erzählen?
Andere Seelen mit meinen Worten quälen?
„Selen ist förderlich für Haut und Haar"
Gut erkannt, lieber Jemand.

18. 01. 2019

Warum das alles?

Warum erzähle ich das alles?
Ich möchte auf den Missstand hinweisen,
den sowieso keiner ändern kann
—
außer alle zusammen.
Erhoffe mir einen Neustart *der Welt*.
Doch werde wohl in *meiner Welt* vereinsamen.
Ist Glück nur in Anwesenheit von Leid existent?

18. 01. 2019

Die schöne Gewohnheit der Lebenslüge

Ich erzähle, wie es mir geht.
Nicht für Mitleid.
Man wird sich selbst leidtun,
zu s*(ch)*ein, wer und wie man ist,
gar den Sinn der eigenen Existenz anzweifeln
oder: endlich anfangen, alles zu ändern.

Früher „die Fette"
Heute *„'ne ganz Nette"* –
„Keine Titten, dafür Arsch, Körper vernarbt"
Licht gedimmt – so geht's.
Die Seele vernarbt
Gefühle gedimmt – so geht's.

Früher ungewollt auffällig,
Heute gewollt unauffällig.
Doch etwas in mir will trotz allem noch
zu den anderen sprechen; fragen:
„Wer kommt mit, hier ausbrechen?"
„Hier Ich!" –
Oh, Hallo Niemand.
Schön, dass Du mir erneut Gesellschaft leistest.
Du – das Etwas in mir.

Jeder Mensch hat zwei Gesichter.
Jeder Mensch ist käuflich.
Jeder Mensch lebt seine eigene Lüge,
zieht andere Lügner in seinen Bann.

19. 01. 2019

Was machen Sachen?

Ich bin eine Verkörperung dessen,
dass die Opfer der Gesellschaft
im (Ab-)Grunde genommen
die Macht in ihren Händen halten.

Wir machen das Leben in einer Scheinwelt erst möglich.
Sie gieren nach uns als Zielscheibe
und wir halten hin.
Gern geschehen!

Der Lohn ist zu sehen, was mit ihnen geschehen:
wurden Diener dieser perversen Welt.
Daher verzichte ich gerne auf das Geld,
schließlich arbeitet *niemand* gerne unterbezahlt.

Ich brauche keine Fans, kein Mitleid.
Man wird sich selbst leidtun.
Ist das die Abrechnung eines Opfers?
Vielleicht.
Ist es gar ein Krieg gegen das Böse mittels Nutzung seiner eigenen Waffen?
Kevin stellt die Gegen-kein-fun-mehr-Frage:
„Was machen Sachen?"

Dieser Kevin ist intelligenter als je vermutet.
Die Verkörperung der Intelligenz, die in der Scheinwelt jedoch zur Verkörperung der Dummheit umgeformt und letztlich offiziell inoffiziell anerkannter *Namensträger der Dummheit* wurde.

Muss man allem immer einen Namen geben?
Das Nichts reicht nicht. Das Sein reicht nicht.
Die Dummheit reicht. Es reicht. Endgültig.

19. 01. 2019

Das Handy (nicht: Der Vibrator ... oder?)

Es vibriert, doch redet nicht.
Erscheint mir fremd, doch *(ist)* oft so nah.
(*„Ist" existiert nicht im Schein, daher wird es ausgegrenzt.*)

Die Selbst besitzt
auch ohne Titel und Zeit Bedeutung für die Ewigkeit

In meiner Gedankenwelt klang „womöglich" schon immer irgendwie falsch.
WOHLMÖGLICH – das klingt für meine Begriffe irgendwie besser.

Die Selbst hat Größe. Sie ist die (eigene) Größe –
unabhängig von Körpergröße oder sonstiger „Rasseneinteilung".
Sie ist das Einzige, das Menschen voneinander unterscheidet.
Das Einzige, das Menschen einzigartig macht;
einen einzelnen Menschen einzigartig macht:
Die Macht der Einzigartigkeit.

Regeln
alias Verbote

Erst das Verbieten mancher Dinge macht diese Dinge zu etwas Verbotenem.

Als ein Beispiel *dient (im wahrsten Sinne des Wortes)* eine Schiedsrichterin beim Fußball, aufgrund welcher ein Spiel in einem Land des asiatischen Kontinents nicht ausgestrahlt wurde.

Info vorab: „Die Frau" steht hier bloß stellvertretend für Dinge, die selbstverständlich und selbstständig sind und durch die Umwelt beziehungsweise durch die Gesellschaft/Regierung/Regeln/Normen in die Unselbstständigkeit gedrängt werden – machtlos und ohne freien Willen.

Zwar besitzt sie noch den freien Willen, doch leider interessiert diese Tatsache den freien Willen einer Zwangsgemeinschaft herzlich wenig.

Es gibt durchaus Menschen, die auch den Anblick von Männern in kurzen Sporthosen als unschön empfinden. *Verbietet man deswegen das Spiel/den Spaß/das Sein? Nein.*

Frauen werden zu oberflächlichen Puppen gemacht, die, ganz gleich, was sie tun oder unterlassen, sexuelle Aufmerksamkeit erregen – scheinbar einzig aufgrund ihrer Anwesenheit beziehungsweise während ihrer Abwesenheit, einzig aufgrund ihrer Existenz. Ein Störfaktor.

Die Männer sind die *Menschen; die Könige*, Frauen sind ... *naja, Frauen*.

Frauen, die ausschließlich zur Befriedigung niederer Bedürfnisse existieren, nicht, um Schiedsrichterin oder gar Bademeisterin zu sein.

Das wäre eindeutig zu anzüglich.

Warum denkt man so? Wer oder was hat beschlossen, dass eine kurze Sporthose in direkter Verbindung mit sexueller Erregung steht?
Dinge, die man verbietet, werden erst durch das Verbot interessant.
(vgl. auch jahrhundertalter Roman „Bibel": die verbotene Frucht)

Man(n) darf keine sexuell angehauchten Gedanken aufgrund einer Frau entwickeln – gewisse Sendungen werden nicht ausgestrahlt, um diese Gedanken nicht entstehen zu lassen, und letztlich, um dieses schlechte Gedankengut in den Köpfen der Menschen zu verfestigen; sie zu ferngesteuerten, beeinflussten, gierigen Dienern zu machen, die trotz ihrer Dienerschaft nie das erhalten, was sie sich einst wünschten: Liebe.

Doch immerhin: Sex darf man noch haben.
Sofern der Akt in einer dunklen Kammer geschieht; an einem uneinsichtigen Ort, sodass der verbotene Gedanke ausschließlich der dunklen Kammer innewohnt, er jedoch nie an die Öffentlichkeit gerät.

Ähnlich der dunklen Kammer im Herzen des Menschen, deren Platz einst für etwas wie Liebe geschaffen wurde.
Leider wurde die Regierung in diesem Punkt nicht um Zustimmung gefragt, sodass die Anwesenheit von Liebe schlicht verboten und der Hass verbreitet wird.
Sex und Liebe haben nichts (mehr) miteinander zu tun, sie sind nicht (länger) voneinander abhängig und stehen auch sonst in keiner weiteren Verbindung zueinander.

Die Gier ist nicht (mehr) der Wunsch nach Liebe, sondern der Drang nach Selbstbefriedigung seiner eigenen Triebe.
Sie ist nur noch das, was trotz Beeinflussung übrigbleibt, da es unzerstörbar ist: ein Instinkt. Der Urinstinkt eines Säugetieres.

Das Ergebnis: die Fortpflanzung.
Das Ergebnis, das einst kein Ergebnis, sondern ein Wunder war.

Dieses Potential eines Wunders weiß *bloß ein* Säugetier noch zu schätzen:
Nicht der Mensch, sondern der sprachbildliche Storch. Ein Fantasiewesen.
Eine Lüge? Nein.
Die Wahrheit im Schutze der Unrealität, denn in unserer Scheinrealität ist die(se) Wahrheit nicht gestattet.
Die hasserfüllten Regierungen und Gesellschaften sind ohnehin zu sehr damit beschäftigt, Wunder zu töten, als dass sie sie als jene anerkennen könnten.

Selbst wenn sie es könnten, so würden sie es leugnen, um ihren Arbeitsplatz *(ihre Macht)* zu sichern – sie würden das Ersetzen ihres Lebenssinnes *(Hassverbreitung)* durch eine Maschine *(Liebe)* unter keinen Umständen zulassen.
Dafür kämpft man. tagein, tagaus. Weltweit.
Auch nachts, im Schutze der Stille und der Dunkelheit, in welcher die weltweit ignorierten Rufe bloß ein leises Flüstern sind.
Gute Arbeit. Das haben wir toll gemacht.
Wahnsinn, wozu die Unterlassung fähig ist.

Der Mensch entwickelt sich …
(ich beende diesen Satz bewusst mit einem offenem Schluss, sodass die Regierungen und Systeme dieser Welt – nicht ich als eine Frau, ein Mensch – ein Urteil über die Art der Entwicklung treffen können. Die wissen schließlich alles. Die Macht, die „Wissen" schafft.
Eine Wissenschaft für sich und sonst niemanden)

Die Auswirkung des Liebesverbotes: Man(n) giert nach Frauen, nicht nach Liebe.
Man(n) sieht die Frau nicht länger als gleichwertigen Menschen, sondern als Sexspielzeug.
Die Gedanken *eines* kranken Geistes, der an der Macht sitzt, formen die Gedanken *der* Gesellschaft.

Ganz ähnlich ist es in „*Deut-Schland*"*, bloß nicht *(mehr)* ganz so brutal beziehungsweise hoch motiviert und engagiert: Jeder, der sich nicht „Steuerzahler" nennt, ist ein schlechter Mensch, den die Gesellschaft nicht gebrauchen kann.
Im Gegenteil – man will ihn loswerden, zumindest kleinhalten.

Bestrafen?
Frauen ... *werden bestraft, **weil** sie Frauen sind.*
Männer ... *werden bestraft, **sofern** sie in Frauen mehr als ein Objekt erkennen.***

Ausländer ...
Schwule ...
Gläubige ...
Ungläubige ...
Wissenschaftler ...
Journalisten ...
Nachbarn ...
Arbeitskollegen ...
Hartz-IV-Empfänger ...
Rentner ...
Träumer ...
Freigeister ...

---

* der Titel eines von Menschen regierten Landes, das keines ist, da es niemandem gehört, in dem ich endlich die Welt zu deuten begann: ein „Sch ...-(w)ort" – ein Scheinort.
** „Weichei" ist besser als „kein Ei". Aber gut. Das ist bloß meine Meinung, die ich zum Glück dank der Meinungsfreiheit immerhin in Industrieländern frei äußern darf (ohne im Gegenzug dafür sterben zu müssen, es sei denn, man findet heraus, wer und wo ich bin – ich werde im Anschluss also mein Testament verfassen; frei von Angst und voller Liebe für die Liebe. Ja, ich würde sterben für die Liebe. Nur für Liebe, niemals für Hass.), die letztlich aber die beeinflusste Meinung anderer nicht beeinflussen kann. Mir fehlen die Macht und das Ansehen als kleiner Niemand. Erkaufen lässt sich ein Aufwachen leider auch nicht, doch vielleicht lässt man mir einen kleinen Platz in einem Traum von einer besseren Welt. Bloß lebt niemand den Traum, man verschläft ihn weiter. Nacht für Nacht, im Schutze der Stille und der Dunkelheit, in welcher leider auch das Böse an der unterschwelligen Macht ist. So lasst uns weiter von dicken Autos träumen.

Menschen?
Loser der Gesellschaft werden bestraft, weil sie das große, falsche Ganze erkannt und für ihren eigenen und einzigen Lebensplan verworfen haben.

Der Mensch lebt die Strafe für die Strafe einer Strafe.
Der Mensch bestraft sich selbst für seine Gier, indem er nur noch lebt, um nach Verbotenem zu gieren.
Man kann die Gier jedoch nicht verbieten, sie ist seit der ersten Sekunde Teil des Menschen.
Auch Gedanken kann niemand verbieten. *Dachte ich zumindest.*

Man kann aber anscheinend die Gier zu einer schlechten Absicht und letztlich so zu schlechtem Handeln formen, indem man unsinnige Regeln schafft – indem man den Menschen entmenschlicht; seinen freien Willen zu dem Willen des Bösen macht.

Neben der Gier besaß der Mensch einst die Vernunft, die in der Regel dazu führte, gewisse Gelüste lediglich gedanklich auszuleben, nicht real umzusetzen; nicht (für andere schädlich) zu handeln.

Man tausche die Vernunft gegen Regeln, Gesetze und Regierungen aus und schon ist er fertig: der Selbstzerstörungsroboter. Der ewige, rebellische Teenie, der nach der verbotenen Frucht giert; der alles für diese Frucht tun würde: lügen bis morden – viele Wege führen ans falsche Ziel.
Doch wenigstens *hat* man so ein Ziel, einen Sinn in seinem ferngesteuerten Leben.
Dafür lohnt es sich zu kämpfen. Zu zerstören. Zu töten. Zu hassen. Den Tod zu leben.

Der Balanceakt: währenddessen glücklich auszusehen, um den Schein – der uns am Scheinleben hält und die Zerstörung im versteckten Sein erst möglich macht – nicht zu zerstören.
Nein, niemand sollte uns unseren Sinn im Leben nehmen dürfen, da bin ich ganz gleicher Meinung.

Die Frau hat *Titten*.
Der Mann hat eine *Brust*.
Die Frau hat *Nippel*.
Der Mann hat *Brustwarzen*.
Die Frau *ist* die *Vagina des Mannes (die sagenhafte Rippe)*
Der Mann *hat* einen *Penis (und/oder/alias) ein Gehirn*.

Genug mit Vorurteilen.
Wir sollten endlich beginnen, unsere Gemeinsamkeit sinnvoll einzusetzen: *Die Eier(stöcke) in der Hose (Achtung, liebste „Regierungen & Co KG" –, es folgt die Vermittlung von Wissen: „Metapher", zu Deutsch „sprachliches Bild" nennt man diese Anzüglichkeit auch gerne synonym).*

Der Mensch besaß einst ein funktionstüchtiges, eigenständiges Gehirn.
Vor langer, langer Zeit, als noch kein Mensch begann, Gott zu spielen, bloß, weil jener sich nicht beweisen ließ, und die Macht an sich riss, um zu regieren, ähnlich wie Satan es wohl auch in der Hölle tun würde: *Er bestraft die Menschheit für das schlechte Handeln, indem er sie zu noch schlechteren Menschen und nebenbei allmählich zu Tieren macht – zu Wesen ohne jeglichen freien Willen, geschweige denn die Fähigkeiten, selbst nachzudenken, Richtigkeiten anzuzweifeln, die Welt zu entdecken oder (Frauen und andere Formen des menschlichen Seins) zu lieben.*

Möglicherweise sollten Männer einen großen Käfig um ihren Intimbereich schnallen, jedes Mal, bevor sie das Haus verlassen (dürfen?). Diese baumelnde Banane in der Hose ist ein Aufruf für die Frauen, ja, es verärgert die Frauen, dass die Männer sich derart anbieten.
Also bitte, liebe Regierung. Reagiere!
Mache den Menschen zu einem lebens- und liebensunwürdigen Fehler.
Vielen Dank für (das) Nichts.
Und nein, lieber Falschgläubiger alias Ungläubiger: das ist nicht zwingend eine Anspielung auf das Tragen eines Kopftuches, eher ist es eine Anspielung auf die Akzeptanz des Zwangs, welcher keiner ist, außer, man lässt ihn geschehen.

PS:
Mit dem Glauben an den ‚eigenen' Glauben eines fremden Propheten lässt sich unser Verhalten auch nicht (länger) entschuldigen. Glaube schließt den Glauben an das Gute im Menschen ein. In unserer Welt jedoch wird diese Möglichkeit ausgeschlossen, der Mensch lebt das Leben eines triebgesteuerten Wesens, weil eben jener **Irrglaube** uns zu diesem Menschen heranzog.

Man, der Mensch, hatte eine ziemlich miese Kindheit und Jugend. Doch auch mit der Vergangenheit können wir nicht alles entschuldigen.

Sollte man nicht langsam erwachsen werden, seine eigene Meinung bilden und diese äußern dürfen trotz „Meinungsunfreiheit" in gewissen Weltgebieten?

Sollte man nicht nun erwachsen werden und erkennen, dass das Monster unter unserem Bett nicht mehr als unsere eigene Angst ist? Ein Hirngespinst, eine Einbildung, die die (Meinungs-)Bildung nicht zulässt und zur Bildung einer gespaltenen Gesellschaftspersönlichkeit führt.
Der Hass und das Töten in der Welt als unser Zuhause werden verdrängt.
Das Leben und die Liebe werden ignoriert oder nicht wertgeschätzt.
Eventuell haben wir es aufgrund ausgebliebener Wiederholung verlernt, doch die Fähigkeit verschwindet nicht. Es ist wie Radfahren.
Der erste Versuch (nach langer Zeit) fühlt sich ungewohnt und wackelig an, doch mit der Zeit und etwas Training können wir zu neuer Bestform gelangen.

Wie soll man etwas wertschätzen können in einer Welt voll Elend?
Nunja, indem man sich zunächst daran erfreut, bisher selbst noch nicht aufgrund eigener oder fremder Qualen gestorben zu sein (der Mensch ist in erster Linie Egoist) und dass endlich die Therapie der Menschheit beginnt, um wieder Freude während des eigenen Lebensprozesses empfinden können.
Erst das Aufwachen und das Wertschätzen macht den nächsten Schritt möglich.

Wir müssen das Leben wertschätzen, auch, wenn wir es nicht wollen.
Das Leben ist der Wert. Das Sein ist unser Wert. Das, was uns ausmacht.
Wir müssen also uns selbst lieben für das, was wir sind: lebendig; (noch) existent.
Ein großer Schritt ***für die Menschheit*** – für jeden von uns.
Das schaffen wir bloß zusammen.
In einer Gruppentherapie.
Wir sind unser Therapeut und Patient zugleich.
Nur wir selbst können heilen, was wir selbst einst verletzten.
Sofern es noch zu heilen ist; wir nicht etwa untherapierbar oder gar innerlich längst tot sind.

Der Mensch war, ist und bleibt Egoist.
Alles wird subjektiv wahrgenommen.
Objektivität existiert nicht.
Der Schein existiert.
Um ein freudvolles Leben zu führen,
benötigt es eine friedvolle Umgebung.
Es geht uns zwar schon schlecht
(einige Menschen können das noch bewusst wahrnehmen.),
jedoch geht es uns noch immer besser als anderen.

Ungerechtigkeit führt nie zu Glück:
egoistischer Schein für uns, selbstloser Tod für den Rest.
Sein für alle – Das ermöglicht das Glück.
Das Glück eines einzelnen Egoisten.
Das Leben.

Man sollte ganz egoistisch sein
und endlich den Zusammenhang erkennen.
Verleugnet man diese egoistische Feststellung,
dass es „gefälligst allen gut zu gehen hat,
damit es mir endlich gut gehen kann",
so verdient man vermutlich kein Glück,
denn was man erhält ist bloß
das Scheinglück.

*Der Umkehrschluss und
der Blick in die Vergangenheit
liefern alle Antworten
auf ungefragte Fragen.*

*Jene Fragen mittels Angst zu unterdrücken.
Kein Zweifel: Das ist wahrlich egoistisch im egoistischen Sinne –*
Das ist wahrlich Dummheit.

**Doch zum Glück:
Wir besitzen ein Gehirn.**
*Es ist etwas schwammig,
aber es hat durchaus Potential,
mehr als schwammig zu sein.
„Investieren, investieren, investieren" –
der Grundsatz hat durchaus seine Daseinsberechtigung;
bloß findet er an falscher Stelle Anwendung.
Äußerlich, statt innerlich.
Das schafft bloß der mächtige Schein:
Etwas in etwas Äußeres hineinzuinvestieren.
Fast magisch,
wäre es nicht so tieftraurig.*
**Fast magisch,
wäre es im Ergebnis nicht
NICHTS.**

EinBlick in die Zukunft

ohne Leer(e)zeichen: Die E-Zukunft

Der Mensch spielte schon immer gerne Gott.
Die einen sind damit beschäftigt, an ihn zu glauben, die anderen mit dem Versuch, ihn zu verkörpern.
Verehren die Gläubigen das Böse?
Zuerst kam das Fahrrad.
Das Fahrrad unterstützt den Menschen in seiner Handlung: der Fortbewegung.
Zwar ermöglicht das Fahrrad eine schnellere Fortbewegung, dennoch ist der Einsatz des eigenen Körpers gefragt.
Man benötigt in jedem (Normal-)Fall die eigenen Füße und die eigenen Hände.

Im weiteren Verlauf wurde der Motor und somit auch das Auto entwickelt.
Eine noch schnellere Fortbewegungsmöglichkeit, der Fuß wird nur noch zum Treten eines Pedales benötigt, die Hände zum Lenken und gegebenenfalls zum Schalten der Gänge.
Doch wenigstens wird die Handlung des Menschen überhaupt benötigt.

Und bald? *Selbstfahrende Autos.*
Und danach? *Roboter, die den Menschen ersetzen.*
Roboter, die ihre eigene Intelligenz entwickeln, um letztlich den Menschen zu zerstören?
Eines wird ein Roboter wohl nie empfinden können: Gefühle.
Reue, Empathie, Glück, Liebe, Zorn …
Sie zerstören „aus Versehen" – *im Gegensatz zum Menschen.*

Die Intelligenz des Menschen, der Drang des Menschen, sich weiterzuentwickeln, führt zu dem Verlust der menschlichen Intelligenz.
An dessen Stelle wird schon bald die künstliche Intelligenz treten.
So wie in naher Zukunft das selbstfahrende Auto die Fortbewegung übernimmt, so übernimmt schon bald die künstliche Intelligenz das Denken.
Das Ergebnis: Denken, ohne dabei zu fühlen.
Oder ist der Mensch selbst längst der Roboter, die künstliche Intelligenz, geworden?
Wen interessiert es schon noch, dass für unser Geld am anderen Ende der Welt Menschen leiden und hungern müssen? Niemanden. Es wird ausgeblendet.
Gefühle werden unterdrückt, der Schein wird gelebt.
Ist der (Schein-)Mensch ein Roboter?
Eine Weiterentwicklung muss irgendwie, irgendwo, irgendwann ein Ende haben, sonst wird diese Weiterentwicklung unser eigenes Ende; sonst schaufeln wir zwar *nicht unser eigenes*, jedoch *das* Grab der Menschheit.
An dieser unpassenden Stelle möchte ich natürlich auch die wichtige „Unweltpolitik" nicht außen vor lassen:
Wen interessiert die Umwelt, wenn die Welt bereits im Müllchaos versinkt?
Wohl ausschließlich die Messies unter den „Unweltlern".

Zurück zum Erste-und-einzige-Welt-Thema:
Sollte also ein „normales Auto" nicht völlig ausreichend sein?
Sollte man es nicht dabei belassen?
Wir leben, um zu handeln. Wir handeln, um zu leben.
Doch schon bald übernimmt die fortschrittliche, lobenswerte Digitalisierung das Handeln, kurz darauf wohl auch das Denken – den Ursprung jeder Handlung.
Man lernt durch wiederholtes Handeln.
Lernen *ist* wiederholtes Handeln.
Sind die Menschen unbelehrbar?
Die Wiederholung eines Fehlers ist mehr als ein glattes Ungenügend in der Schule.

Es ist Absicht. Schlechte Absicht.
(Das „normale Auto" steht in diesem Zusammenhang stellvertretend für Technologien, die den Menschen – sein Handwerk/seine Handlung/sein Sein/seinen Sinn – *nicht* vollständig ersetzen.) Die Menschen feiern sich selbst für die Entwicklung erster menschenähnlicher Roboter.
Viele Durchschnittsbürger säubern ihr Zuhause schon heute entweder durch einen Saugroboter oder sie stellen eine Reinigungskraft an. Immerhin überträgt man im Falle der Reinigungskraft das Handeln einem anderen Menschen, sei es auch gegen Geld, doch wenigstens geht die Handlung (das Sein) als solche nicht ganz verloren. Auf Dauer jedoch ist die „Anstellung" eines Saugroboters kostengünstiger und effizienter.
Dass wir damit letztlich uns selbst zerstören ... *das* ist nicht nebensächlich, sondern *„scheißegal"*.

Entschuldigung, ich vergaß:
Der *arme kleine Durchschnittsbürger* muss so hart arbeiten, dass er sein eigenes Heim, das Innere seines Zuhauses *(auch: seine Selbst) nicht selbst* rein halten kann. Ihm *fehlt* die Zeit.
Wer sagt, *was muss* und *was nicht?*
Man selbst? Der Chef? Das System? Das Geld? Das Böse?
Wer lebt das *eigene,* einzig *uns* bekannte Leben? *Man selbst? Der Chef? ...*
Das Böse.

Funfragen an den Kreis der Gläubigen:
War das der Plan Gottes? Die Selbstzerstörung des Menschen?
Nicht das Menschsein, nicht das Selbst-Sein?
Ist das Leben die Abrechnung für die Verkostung der giftigen Gieresfrucht?
– Ende der Funfragen –

Sollte die künstliche Intelligenz nicht nur *so weit* fortentwickelt werden, wie es tatsächlich nötig ist? Beispielsweise für Menschen mit Handicap, die in ihrer Handlung eingeschränkt sind.

Sollten nicht jene von der Weiterentwicklung profitieren?
Sollte die Erschaffung einer künstlichen Intelligenz nicht bloß unterstützend statt ersetzend für das menschliche Handeln dienen?

Doch: Wer möchte schon noch auf den Lebensstandard verzichten; ein Handy, ein großes Haus, ein Auto … Niemand.
Es *scheint*, als könne man ohne all das gar nicht mehr leben.
Wir stecken wohl längst zu tief drin, als dass wir uns nur noch auf das Sein und das Leben beschränken könnten.
Doch sollten wir die Weiterentwicklung nicht wenigstens an einer gewissen Stelle stoppen, um uns – den Menschen – am Ende nicht selbst zu ersetzen?
Sollten wir unsere Intelligenz nicht nutzen, um uns (gegenseitig) zu retten, statt den Menschen als solches zu zerstören, zu ersetzen?
Oder ist das alles vorbestimmtes Schicksal? Gottes Plan?
Wir gieren nach mehr, das bloße Sein reicht uns nicht.
Man braucht den Schein, um nicht nur zu sein.
Denn *Sein – das kann schließlich jeder.*

Sollte man nicht wenigstens vorziehen, das Geld (als eine von vielen Verkörperungen des Elends) in Entwicklungs- und Kriegsländer statt in die Zerstörung der gesamten Menschheit zu investieren und so dem Geld endlich einen anderen Sinn als das Böse zu verleihen, **sodass eines Tages hier nicht nur der Schein und woanders menschenunwürdiges Sein möglich ist, sondern weltweites SEIN für JEDEN Menschen?**
Eine kleine Geldspende kurz vor Weihnachten ist zwar *gut gemeint*, jedoch nicht ausreichend und in diesem Fall ohnehin *nicht gemeint*.

Schlussendlich werden meine Fragen wohl mit einem „Nein" bis hin zu einem „Jain" oder einem „Vielleicht" beantwortet, sodass unsere Intelligenz trotz Dummheit *uns – die Menschheit –* doch noch umbringen wird. Massenselbstmord scheint geduldet zu sein.
Immerhin eine Sache, die wir selbst beschließen (dürfen).

Intelligenz trotzt Dummheit? Nicht in dieser Welt.

Bewerbung
als Altenpflegerin o. Ä.

Sehr geehrte Damen und Herren,

zu Beginn meines Anschreibens möchte ich darauf hinweisen, dass dieses keinerlei Notlügen oder Ausreden enthält. Die Gefahr, aufgrund meiner Ehrlichkeit nicht angestellt zu werden, nehme ich in Kauf. Doch nur so lässt sich schon zu Beginn erkennen, ob Ihr Leitbild und meine Persönlichkeit miteinander harmonieren, denn auch ein Arbeitgeber sollte sich mit seinen Angestellten identifizieren können. Um Ihre Entscheidung also möglichst nicht zu verfälschen, möchte ich Ihnen ein ehrliches Bild meiner Persönlichkeit und die Intention meiner Bewerbung aufzeigen:

Schon immer war ich eher einer dieser kreativen Köpfe. Das Schreiben von Texten hat mich schon früh fasziniert, für Mathematik und Wirtschaftslehre jedoch waren meine Gedanken vielleicht nie ausreichend fokussiert.

Gewisse Sicherheiten im Leben geben auch ein Gefühl von Sicherheit.
Eine vernünftige Ausbildung zum Beispiel. Nach dem Erreichen meiner Fachhochschulreife begann ich eine Ausbildung zur Sozialversicherungsfachangestellten (Fachrichtung allgemeine Krankenversicherung). Es mag nach einem interessanten Beruf klingen, möglicherweise aufgrund seiner interessanten und vor allem langen Bezeichnung.
Möglicherweise aber ist dieser Beruf für viele Menschen tatsächlich sehr interessant, für mich hingegen ist es einer dieser Dann-

wird-der-Spaß-wohl-in-die-Freizeit-verschoben-Berufe; einer dieser Totarbeiten-werde-ich-mich-zumindest-nicht-Berufe.

Nach meiner Ausbildung war ich einige Monate als Sozialversicherungsfachangestellte in der Vollstreckung tätig. Anschließend begann ich ein duales Studium zur Diplomfinanzwirtin, welches ich nach vier Monaten eigeninitiativ wieder abbrach. Es waren die Sicherheiten (Beamtentum, Verdienst etc.), die diesen Beruf anfangs verlockend machten, letztlich konnte ich die notwendige Motivation allerdings nicht aufbringen, weil mir die erforderliche Identifikation meiner Persönlichkeit mit diesem Beruf gänzlich fehlte.

Somit nahm ich meine Tätigkeit als Sozialversicherungsfachangestellte – dieses Mal bei einer anderen Krankenkasse – wieder auf. Die im Vorfeld abgeschlossene Ausbildung hatte sich gelohnt, ich konnte wieder zurück in meinen alten Beruf; keine Arbeitslosigkeit, keine erneute Ausbildung; einfach weiter Geld verdienen.

Tag für Tag der Gang durch den endlos langen Flur, vorbei an Büros mit fremden Menschen, die sich Arbeitskollegen nennen, hin zur Kaffeemaschine und dann ab vor den Computerbildschirm. Mit dem Drücken des Startbuttons am PC ist gleichzeitig das eigene Gehirn in gewisser Weise abzuschalten. Das gelang mir nur sehr schwer, doch ich lernte, mich zusammenzureißen. An dieser Stelle möchte ich eine meiner Stärken nennen: Selbstdisziplin.

Nach einiger Zeit konnte ich meine Unzufriedenheit und meine Unerfülltheit jedoch nicht weiter vor mir selbst verstecken. Der Beruf und das Arbeiten entgegengesetzt meiner eigenen Persönlichkeit machten mich krank. Das Ergebnis war die Auflösung des Arbeitsverhältnisses aus eigenem Interesse. Meinem alten Arbeitgeber ist und war mein innerer Konflikt nicht bekannt. Als reine Vorsichtsmaßnahme habe ich geschwiegen, um mein

Gesicht gegenüber den Kollegen und Vorgesetzten weiterhin zu wahren ... (Professionalität)

Seit diesem Tag befinde ich mich in einer Art Selbstfindungsphase. Es folgte der Bezug von Arbeitslosengeld, zeitweise auch Krankengeld. Auf Dauer ist es jedoch kein gutes Gefühl, abhängig von der Arbeitsagentur oder einer Krankenkasse zu sein. Gleichzeitig ist durch eine solche Abhängigkeit das Finden zu sich selbst fast unmöglich.

Warum die Bewerbung als ... ?
In erster Linie möchte ich mich selbst weiterentwickeln. Durch die Arbeit für **und mit** Menschen erhoffe ich mir, etwas über mich, den Menschen an und für sich und die Gesellschaft als Bündnis von Menschen zu lernen.
Jeder Mensch ist ein Individuum; jeder Mensch verdient es, mit Respekt behandelt zu werden.
Wie auch ich schon feststellen musste, vergessen einige Menschen manchmal leider die Wichtigkeit und die Selbstverständlichkeit von gegenseitigem Respekt.
Diese Tätigkeit wird mir Respekt und Anerkennung schenken und mich diese auch lehren; sie wird mich die Gesundheit und das Leben wieder zu schätzen wissen lassen.
Dieser Job wird mir auch zu der notwendigen finanziellen Unabhängigkeit verhelfen, dennoch lässt er mir ausreichend Zeit, meine Selbstfindungsphase in Teilzeit fortzusetzen und letztlich macht er mich vielleicht zu einem besseren Menschen.

Die Gründe meiner Bewerbung mögen auf eine kuriose Art und Weise (auch) selbstsüchtig klingen, jedoch ist das innere Feuer der einzig nachhaltige Antrieb für jede Reise – dienstliche Reisen eingeschlossen. Man sollte sprichwörtlich Feuer und Flamme sein für jegliches selbst beeinflussbare Tun.

Bis auf ein paar zwei- bis dreiwöchige Schulpraktika (Altenheim, Kindergarten, Ergotherapie und Logopädie) habe ich noch keine nennenswerten Erfahrungen in diesem Tätigkeitsfeld sammeln können. Sicherlich benötigt es eine kurze Einarbeitungsphase; auch, um eventuell auftretende Berührungsängste zu überwinden. Ängste, die durch den Respekt gegenüber eines jeden Menschen bedingt sind. Doch darin liegt vermutlich die Kunst: einem Menschen mit Respekt gegenüberzutreten und ihm helfen zu können, ohne dass er sich tatsächlich hilfsbedürftig oder gar minderwertig fühlt.

Eine Kunst, die ich gerne bereit bin, zu erlernen.

Wirre Sprachaufzeichnungen
Die wegbereitenden, zur Klarheit führenden, Verwirrungen

Bewusst leben als Versager

Ich werde es mir selbst zur Aufgabe machen, das Leben eines Niemandes, eines Versagers zu führen. Der Versager, der ich in den Köpfen der Menschen sowieso längst bin.
Während meines Versagerlebens als Mensch, der das Geld und die Gier ablehnte, werde ich mich auf ein Minimum beschränken. Ein wenig Geld benötige leider auch ich, um in dieser Welt nicht zu verenden, dennoch werde ich das Leben eines typischen Versagers führen und darüber schreiben, sodass die Menschheit versteht, wie es sich lebt, wenn man anders nicht mehr leben kann.
In dieser Welt kann niemand ein Held werden, erst recht nicht jener Niemand, der diese Welt ablehnt. So bleibe ich wohl ein ewiger Niemand.
Eventuell werde ich wenigstens zum Niemand der Niemande und verdiene mit diesem Blödsinn Geld, ohne weiter abhängig zu sein von wahrhaftigem Unsinn wie Chefs, Ämter etc.
Höchstwahrscheinlich werde ich wieder nur ausgelacht oder gar ignoriert.
Mal sehen, wohin mich dieses „Kein-Experiment" führt.

Hinter meinem Verhalten steckt eine gute Absicht, denn ich möchte durch das Versager-Sein in gewisser Weise provozieren, ich möchte verachtet werden, um auf genau diesen Missstand hinzuweisen. Es erscheint mir besser, durch meine eigene Arbeit, durch mich selbst, Geld zu verdienen, welches ich zum Überleben benötige. So hätte mein Sein immerhin einen halben Sinn – halb sein, halb scheinen.

Die Maske der Faul- und Dummheit

Die Maske der Faul- und Dummheit dient zum Schutz meiner Selbst, die hier so nicht sein darf und auch nicht sein kann. Die meisten Menschen werden mich für dumm oder faul halten, doch ich selbst weiß: Ich kann mehr, doch ich kann nicht mehr. Alles, was für andere erstrebenswert scheint, ist für mich nicht erstrebenswert – im Gegenteil.

Entweder wird es also meine berufliche Tätigkeit, auf genau diese Missstände und die Unumsetzbarkeit des Lebens in einer Scheinwelt hinzuweisen, mit der ich gleichzeitig meine Brötchen verdienen kann, oder ich bleibe weiterhin ein Nichts, ein Niemand, ein Versager und verdiene – wie alle anderen – mit dem Nichtstun mein Geld (als Hartz-IV-Empfänger o.Ä.) und ziehe den Steuerzahlern das Geld aus der Tasche – der Versuch des Geldvernichtens – auch diese Möglichkeit wäre (nach langer innerer Diskussion) mit meinem eigenen Gewissen vereinbar.

Die dritte Alternative, die grundlegende Änderung und Verbesserung der Welt, wäre wohl die unwahrscheinlichste Konsequenz meiner Arbeit.

Das Vielleicht-Ziel

Mein Ziel ist jedenfalls *nicht*, weiterhin ein Leben in Zwang zu führen.
Vielleicht ist mein Ziel, dass alles fällt, sodass ein Neubeginn möglich wird.
Vielleicht möchte ich gar, dass jeder Mensch versagt; dass jeder von uns zugibt, dass man auf diese Form des Scheinlebens keine Lust mehr hat und daher nichts außer nichts mehr macht.

Vielleicht muss erst alles fallen, damit ein Neubeginn möglich wird, denn erst in den Tiefen des Meeres erkennt man seine wahrhaftige Schönheit, zumindest wie schön es sein kann ... könnte.
Gibt es auf dieser Welt keine Liebe?
Gab es sie einst?
Hat sie den Kampf gegen den Hass etwa auf ewig verloren und haben wir uns selbst somit verloren?
Ist die Liebe bloß eine Gier, ein Wunsch für sich selbst, den man mit allen möglichen Mitteln umzusetzen versucht?
Sind diese Mittel der Hass oder erzeugen sie bloß den Hass?
Was sind die Mittel? Sind sie ausschließlich finanzieller Art?
Nein, nicht bloß das Geld als Verkörperung der Gier ist schuld.
Alles ist schuld – wo wir wieder beim Nichts angelangen: Nichts führt zu etwas, alles endet im Nichts.

Man wird immer ausreichende Gründe erfinden, die eine Veränderung unmöglich scheinen lassen.
Sind wir also für immer verloren in diesem Nichts?
Wird es hier nie das Etwas geben?

Das Tragen der Maske Faul- und Dummheit jedenfalls erscheint mir erträglich.
Zumindest erträglicher als das ewige Gefühl des Nichtverstandenwerdens nach außen zu zeigen.
Wohl die wenigsten werden es nachvollziehen können, es erkennen beziehungsweise wahrhaben wollen: das Nichts.
So rede ich fortan nicht weiter bloß über das Nichts – ich verkörpere es.

Jenem Jemand, der diese Verkörperung aufgrund des Scheines falsch interpretiert, gratuliere ich recht herzlich: Dieser Jemand ist fester Bestandteil meiner eigenen Theorie über das Leben im Nichts.
Vielen Dank also für die ungewollte Anteilnahme und das Beweisen meiner Theorie, dass die Ignoranz der Subjektivität zu einer Scheinwelt führt.

Die umstrittene „Einen-oder-keinen-Fick-geben-Komödie"

Ist „einen Fick zu geben" genau das, was der Mensch pausenlos macht?
Einen Fick zu geben, dass man selbst und die anderen, der Mensch an sich und die Welt an sich, sind, wie sie nun mal sind, weil wir sie einst dazu machten?
Bedeutet es, genau das einfach so hinzunehmen und auf die gleiche Art weiterzumachen?
Es einfach so zu machen, wie es zu machen ist, weil es anders nicht geht?
So gäbe ich lieber keinen Fick, denn mich lässt das alles nicht so sehr kalt, als dass es mir egal sein könnte; als dass ich es weiter ficken (machen) könnte.
Gibt tatsächlich jeder diesen Fick, den auch ich gerne geben würde, wenn ich könnte?

Die Menschen scheinen einen Fick zu geben, die Welt ist eben, wie sie nun mal ist – so nimmt man alles als gottgegeben hin. Schlimmer noch – man macht sich sogar darüber lustig: Das Kaufen teurer Autos, teurer IT-Gerätschaft, großer Villen, ...
Man nimmt das, was es gibt.
Man nimmt, was man (in Kriegen) kriegen kann.

Ob das, was man nimmt, richtig ist – darüber scheint sich keine Menschenseele Gedanken zu machen.
Oder machte man sich bereits Gedanken darüber, scheinakzeptierte beziehungsweise ignorierte, dass es ist, wie es ist, nimmt es an (sich), und macht es nun zu seinem Eigen, in einem Maße, das trotz Gelächter längst nicht mehr gesund erscheint?

Ist dieses Verhalten den Menschen überhaupt bewusst?
Ist man sich dessen bewusst, dass man wie ein drittklassiger Comedian auftritt?

Ich als einer der wenigen Nicht-Comedians empfinde es zwar auch in gewisser Weise als lustig, jedoch auf eine ganz andere Art und Weise.

Jemand dachte sich einst diesen Witz (das moderne, geld- und fremdgesteuerte Leben) aus und die Comedians wiederholen ihn am laufenden Band, manchmal etwas abgewandelt, aber im Kern doch immer wieder gleich; und trotzdem: noch immer hat man Freude daran.

Ich verspüre aufgrund dieser gelebten Komödie keine Freude, sondern eher eine innere Lächerlichkeit: die Lächerlichkeit des Lebens.
Die Lächerlichkeit des Fick-oder-keinen-Fick-Gebens.
Neben dieser Scheinfreude verspüre ich einen gewissen inneren Protest.

Meinen Prostest gegen die Tatsache, dass das Leben bloß als Scherz angesehen wird, dass man einfach so weitermacht, dass niemand den Ernst des Lebens (seinen Wert) – dieses und unseres einzigen Lebens – erkennt oder wenigstens nebenbei berücksichtigt.

Für die Menschheit scheint es weiterhin bloß eine freudige Komödie zu sein, mit viel Geld lässt es sich gut leben, so glaubt man. Dieser (Irr-)Glaube lässt es ihnen einigermaßen gut gehen.

Nebenbei sucht man die Erfahrung eigener Liebe in anderen Menschen, vermutet gar, sie zu gefunden zu haben. So lebt es sich scheinbar noch besser.

Sollte das Leben nicht eher dazu dienen, das Du beziehungsweise das eigene Ich zu suchen, um jenes zu verwirklichen und damit *schlussendlich endlich* lieben zu können, statt das Anderscheinende *(die unumsetzbare Gleichheit)* vorzuziehen, bloß weil es die scheinbar einzige Möglichkeit des L*(i)*ebens ist?

Man scheint mit dieser Komödie zu zufrieden zu sein, als dass man glauben könnte, ein ehrlicher Roman sei besser.
Auch in einem ehrlichen Roman gibt es hier und dort einen Witz.
Ja, auch in einem ehrlichen Roman wird man lachen, nicht bloß aufgrund der kleinen Witze darin, sondern lachen, weil man wahrlich glücklich gestimmt ist – glücklich mit/durch/für sich selbst.
Bestenfalls erreicht man sogar die Und-Form: glücklich mit, durch und für sich selbst.
Noch besseren Falls erreicht man so das Sein.

Allerbestenfalls lässt sich die Welt, das Leben und das Sein verbinden.
Das Nichts würde entfallen und wir erhielten einen positiven Wert: die Liebe zueinander.
Die Liebe für das, was ein jeder ist: ein einzigartiges Wesen.
Jeder für sich. Jeder von uns.
Jeder unter uns.
Niemand(**en**) über uns.
Wir.

Lässt erst der ewige Fall uns unendlich werden?
Sollten wir anfangen, das Leben unserer Strafe für unsere Gier (= der unvermeidbare Egoismus = die Subjektivität) *endlich richtig* zu *leben*, um *unendlich* zu *werden*?

Wollen wir *fallen, ohne zu sterben*?
Für die Liebe? *(das Wir)*
Würden wir im Falle der bösen Macht
immer wieder fallen?
Für die Liebe?
Nur für die Liebe,
nie für den Hass.
Wer für den Hass fällt,
DER STIRBT.

Der Hass findet immer eine Möglichkeit (eine Formel), um zu sein. Überall.
Auch in einer Scheinwelt.
Auch in der Welt des Seins.
Auch im Nichts.

Die Frage ist, wie wir ihn zurückhalten,
wie wir ihm bloß in Köpfen,
nicht in Handlungen, Platz lassen.
Die Antwort ist: zusammen.
Als ehrliches, echtes, existentes Wir
mit guter Absicht trotz(t) Gier.
Das Böse ist die Handlung der (schlechten) Gier.
Das Leben ist die Gier nach Gutem.

Ich würde mich für diesen langen nachträglichen Einschub nun entschuldigen, sofern es eine Lüge wäre, jedoch schätze ich es als real (= subjektiv wertvoll) ein.

Wahrlich glücklich mit sich selbst wird man allerdings niemals in einer Welt für das andere, für die anderen, für den Zwang – in einer Welt, in welcher die Menschen regieren, die entweder das meiste Geld besitzen oder die meisten Menschenleben auf dem Gewissen haben.
In einer Welt, in der nicht die Liebe, sondern bloß das Geld zählt und das bloß, weil es zähl- und messbar und somit greifbar ist.
In einer Welt, in der keine Liebe existiert?

Findet man bloß alles immerzu lustig, aber ist gar nicht in der Lage, wahrlich zu lachen? Ist das unser Problem?
Sind die Menschen härter gefickt als gedacht, da sie längst aufgegeben haben?
Alle werden denken, ich habe aufgegeben, dabei habe ich es nicht.

Das, was nach außen wie ein Aufgeben oder Versagen scheint, ist in meiner Subjektivität betrachtet eher ein Aufstand.
Ein Aufstand gegen den Zwang.

Leider wird sich wohl der Aufstand im Zwang verlieren, sodass der Aufstand doch keiner ist – vielleicht ist er tatsächlich bloß ein Versagen. Habe ich in dieser Welt versagt?
Ich kann die Welt nicht ändern.
In dieser Welt kann ich nicht das Glück, sondern bloß den sich immer wieder wiederholenden Witz finden.

So entscheide ich mich, weil ich nicht anders kann, für das Keinen-Fick-Geben; nicht für das flächendeckende Einen-Fick-Geben.
Ich gebe dem Scheinleben und der Scheinwelt keinen Fick.
Ohnehin würde mir dazu die notwenige Lust fehlen und letztlich besitze ich auch nicht die notwendige Berufsbezeichnung Prostituierte (Steuerzahler, Durchschnittsbürger, Vorbilder),um es aus anderen Beweggründen (die Liebe zum Geld/Hass) trotzdem zu tun beziehungsweise, um es über mich ergehen zu lassen (Zwang).

Das Keinen-Fick-Geben ist in dieser Welt übersetzt wohl das Versagen, das Nichtstun.
Alles andere kann ich jedoch nicht. Alles andere halte ich nicht lange genug aus.
Der Zwang hat mich zu sehr gezwungen. Ich kann nicht mehr dorthin zurück und wünsche selbst, es wäre anders.

Zu gern wäre ich selbst einer der Comedians, denn so scheint es sich ertragen zu lassen.
Doch bin ich das nicht. Gelegentlich versuchte auch ich zwar, witzig zu sein, aber eigentlich diente es nur, um im Schein nicht als Feind (Kind des Seins) erkannt zu werden; um so über das alles hinwegzutäuschen, doch meine Gedanken lassen es nicht los.
Ich kann ihn aus meinem Inneren nicht verdrängen – diesen Aufstand, den ich bloß durch Versagen und Nichtstun äußern kann, den man jedoch ganz falsch versteht – einzig und allein als Versagen.

Die Arbeitslosigkeit als Möglichkeit

Ich kündigte meinen Job, da ich nicht mehr konnte.
Hätte ich mich besser doch weiter zwingen sollen?
Immerhin war ich zu Zeiten meines Büromenschdaseins gedanklich hauptsächlich damit beschäftigt, mich über die anderen Büromenschen aufzuregen – eine Ansammlung an Menschen, der gelebte Horror. Die Arbeit mit Büromenschen – der bezahlte Horror.
Auch dort hatte ich also so meine Probleme.
Über diese Probleme konnte ich mir die ganze Zeit Gedanken machen: Nach der Arbeit schwirrten sie in meinem Kopf herum, so wie auch nachts, wenn ich träumte, auch morgens, wenn ich aufstand und auch nach Feierabend.
Bis sie so unerträglich wurden, dass ich dem Ganzen entfloh.
Ich wusste nie, weshalb ich diese Probleme hatte und nahm bisher an, es läge an mir selbst – dass also ich selbst das einzige Problem sei.
Möglicherweise bin ich ein Kein-Mensch, ein unmenschlicher Mensch und passe deswegen in kein Menschengebilde?
Erst in der Arbeitslosigkeit wurde mir bewusst: Ich passe dort tatsächlich nicht rein. WEIL ich ein Mensch bin.
Erst in der Arbeitslosigkeit wurde mir bewusst, dass ich nie wieder dorthin zurück möchte oder gar noch kann. Ich kann mich nicht länger dazu zwingen.
Der Zwang hat mich krank gemacht, wahrscheinlich unwiderruflich, doch gleichzeitig entfesselte er mich auch, da dieser Zwang zu fesselnd wurde, sodass die Kräfte die Ketten aufspringen ließen.
Jetzt, in Zeiten der Arbeitslosigkeit, habe ich das Gefühl, mir wird einiges bewusst.
Nun kann ich mir über das Leben an sich Gedanken machen und endlich hochverschuldet sein.
Leider erkannte ich, dass das Leben eigentlich ein Witz ist.
Das war ursprünglich nicht mein Plan, als ich meinen Job kündigte.

Ich dachte, ich würde es schaffen, in einer textschaffenden Agentur Platz zu finden oder in anderer Art und Weise durch die Sprache auch beruflich tätig werden zu werden.
Doch wenn das bedeutet, wieder in die Mühlen des Zwanges zurückzukehren, so kann ich dies wohl nicht mehr.
Bisher fehlte mir jedenfalls die Kraft für eine dahingehende Bewerbung.
Mehr als dieser unvollständige Entwurf gelang mir nicht:

Abgebrochener Plan eines Bewerbungsanschreibens für eine Werbeagentur (Datei vom 30. 07. 18)
Eine geregelte wöchentliche Arbeitszeit, ein zukunftssicherer Job, klare Aufgabenzuweisungen, ... MONOTONIE!
Damit geben sich wohl die meisten Menschen zufrieden. Der Spaß findet nur in der Freizeit Raum.
Lange rang ich mit der Frage: Möchte ich einen sicheren Job, der mich aber wohl nie ganz erfüllen wird und in dem Spaß auch eher ein Abmahnungsgrund ist, oder wage ich das Risiko, etwas ganz anderes zu versuchen?
Anhand dieses Schriftstücks werden Sie wohl feststellen: Ich habe mich für die Risikovariante entschieden. Letztlich lebt jeder von uns nur einmal – warum dann mit Monotonie zufriedengeben?
Ich sehne mich nach einer beruflichen Tätigkeit, mit der ich mich identifizieren kann, die mich erfüllt und mir Spaß bereitet. Wie Sie meinem Lebenslauf entnehmen können, habe ich keine passende Ausbildung oder kein Studium absolviert. Aber braucht es das? Talent und stetige Lernbereitschaft erscheinen mir als durchaus gute Voraussetzungen für einen Aufstieg vom Junior-Texter zum Texter.
Schon immer war die Sprache beziehungsweise das Texten für mich eine besondere Möglichkeit, sich selbst und auch andere widerzuspiegeln, zu begeistern, zum Nachdenken anzuregen. Sprache trifft immer auf Gehör, ob selbst gelesen ...
– Ende beziehungsweise Abbruch –

Stattdessen bewarb ich mich ein paar Monate später in der Altenpflege und um sonstige berufliche Umsorgung menschlichen Daseins. Nicht, weil das Hinternabwischen mein Lebenstraum ist, sondern weil ich endlich die Menschen verstehen muss und möchte. Doch gleichzeitig glaube ich auch zu wissen, dass es nichts zu verstehen gibt und es somit wieder bloß in einer ewigen Suche nach dem Nichts enden wird.
Eventuell denke ich morgen oder übermorgen wieder anders[***] und ziehe die Arbeit mit und für Menschen doch einfach durch, um dann zu erkennen, was ich ohnehin schon erkenne: Das Problem liegt im Menschen. Nicht in mir. Nicht in dem Euch als die anderen, sondern im Menschen als Mensch.
Wenn man selbst das Problem ist und sich selbst und alle anderen für das Problem hält, wie soll man es aushalten in dieser Welt? Als Problem.

Auf viele Bewerbungen folgten kaum Antworten, unter anderem die Antwort der lieben Frau Undank.
Auf diese Bewerbung und die erfolgte Beantwortung möchte ich an dieser Stelle etwas näher eingehen, da es sich um eine sehr spezielle, doppeldeutige Antwort handelt (sofern man Sie richtig – doppel- bis mehrdeutig – zu interpretieren versteht):

Natürlich: Ich erhielt eine Absage.
Sie wurde mir übermittelt von einer Frau namens Frau Undank.
Welch Ironie.
Das mit dem Leben verbundene Schicksal hat wahrlich Sinn für Humor.

Ob Frau Undank wohl in ihrer Position als Verwaltungskauffrau in der Personalabteilung ausschließlich für das Übermitteln von Absagen (= Enttäuschungen) zuständig ist?

[***] *Ja, ich dachte ein paar Wochen später wieder etwas anders und begann tatsächlich, mich für unterbezahlte Hilfsjobs der „Menschenhilfe" zu bewerben.*

Ich wollte ein Stück Menschlichkeit in die Welt der Senioren zurückbringen; wenigstens in ihre Traumwelt, in welche Sie nachts, wenn sie tief schlafen, fliehen; in welcher sie jedoch keine Zuflucht mehr finden, da ihr Unterbewusstsein sie aufgrund der noch vorhandenen Realitätswahrnehmung zu einem einzigen Albtraum formte.
Die Dementen könnten noch Glück haben und wenigstens in ihrer Traumwelt verschont bleiben; darin die Rolle eines menschlichen Menschen leben beziehungsweise träumen oder gar spielen, wie sie einst als Kind, noch frei von den Zwängen der Zukunft, spielten.
Ich selbst kann mich übrigens „Gott sei Dank" schon lange nicht mehr bewusst an meine Schlafträume erinnern. Muss schlimm sein, was ich dort sehe.
Fast so schlimm wie das Hier.

Anscheinend ist diese Menschlichkeitseinführung oder -rückführung nicht gewollt – auch ok. Undankbarkeit ist schließlich eine hübsche Form der Ignoranz.
Die Ironie des Schicksals macht es letzlich zu einem wahrlich guten Witz.
Das Lachen wird mir über die Enttäuschung hinweghelfen, schließlich ist ein Witz nicht ernst zu nehmen und damit: nicht real.
Bloß ein Schein dieser Scheinwelt.
Immerhin wünschte man mir gegen Ende der Nachricht noch alles Gute für die Zukunft.
Das wünsche ich mir auch. Für uns alle.
Die Hoffnung stirbt zuletzt, sie überlebt alle Tode innerhalb und außerhalb des Heimes.
Danke für Nichts, Frau Undank.

Manchmal muss das Leben erst völlig leer sein, damit es mit den richtigen Dingen neu aufgefüllt werden kann.
Schmisse jeder seinen gehassten Job hin, so könnten wir uns neu sortieren, uns beschränken auf das Sein und somit glücklich sein statt scheinen.
Gemeinsam, als eine Weltgemeinschaft, entscheiden, wie die „neue Welt" aussehen sollte.

Viele meiner Gedanken äußerte ich auch Ivan gegenüber.
„Ich weiß was Du meinst, auch ich bin genervt von vielen Menschen", war seine Antwort. Und doch weiß ich: Er ist genervt aufgrund seiner eigenen Lebensgeschichte; aufgrund seiner eigenen (durch andere beeinflusste) Selbst – aufgrund seiner subjektiven Sicht und den Rückschlüssen aus seiner eigenen Erfahrung.

Er ist nicht aus den gleichen Gründen genervt, sowieso nicht in diesem Ausmaße.

So fühlte ich mich wieder einmal unverstanden, ich hatte gar das Gefühl, er habe die Probleme der Welt herunterspielen wollen, dabei hatte ich nach keinerlei Bewertung oder Meinung zu meinen Aussagen gefragt, erst recht nicht nach richtig oder falsch. Doch er tat es.

So tat er wohl das, was seine Selbst wollte: sich rechtfertigen beziehungsweise Gründe nennen, warum ich unrecht habe.

„Jaja, ich weiß: Du bist der starke Mensch, ich bin der arme Mensch" und „Du bist kein Engel, du bist auch ein Mensch".

Man machte sich also wieder einmal lustig, man stellte mich gar als größenwahnsinnig hin.

Zwar sagte er, das sei „doch bloß ein Scherz", doch ich denke: Das waren die einzigen Aussagen, die, neben seinen Richtig-Falsch-Aussagen, hundert Prozent ehrlich waren – die Ehrlichkeit versteckt in einem Witz; ähnlich dem Scheinleben.

Oder war es doch nur ein Scherz? Versteht er mich in gewissen Punkten?
Dachte er gar teilweise ähnlich?
Das weiß wohl nur er selbst, das kann ich jedoch nie wissen.
Ich konnte lediglich heraushören, dass seine Gedanken nicht mein Inneres widerspiegelten, nicht annähernd meiner Gedankenwelt ähnelten.

Aufgrund dessen war ich enttäuscht, ich wollte schnellstmöglich weg von ihm.
Etwas in mir hielt diese Flucht jedoch für falsch, ich blieb also noch bei ihm.
Das war wohl das Verzeihen des Andersseins.
Die eigene Selbst kann durchaus verzeihen, dass jemand anders ist und versuchen, dies zu akzeptieren.

Nach weniger Zeit fuhr ich doch heim. Er fragte, weshalb ich nicht noch bleiben würde.
„Der wahre Grund wird dich verletzen". Doch er wollte ihn wissen, so nannte ich ihm den Grund: „Wie wohl jeder Mensch denke auch ich zuerst an mich und meine eigenen Bedürfnisse: Obwohl das mit uns für mich eine Freude ist, ist es zeitgleich auch eine Qual.
Irgendwo und irgendwann muss eine Qual ein Ende haben, da man es sonst nicht mehr aushält."
Die Qual geschieht in mir und aufgrund meiner Selbst, nicht wegen ihm.
Im vorherigen Gesprächsverlauf äußerte er mir gegenüber, er „kann meinetwegen manchmal nicht mehr".

„Ich fahre auch, weil Du meinetwegen nicht mehr kannst. Auch ich kann manchmal nicht mehr, doch ich komme immer wieder, obwohl es für mich jedes Mal ein innerer Kampf ist; eine Blockade, gegen die ich aber stetig anzukämpfen versuche, oftmals ohne Erfolg. Trotzdem tue ich mir selbst das immer wieder an."

Ich kann diese Qualen nicht mehr durchleben, die mein Inneres gerade durchlebt – ich möchte lieben, doch es fällt mir schwer – vielleicht kann ich es nicht, da das Misstrauen alles erschwert oder gar unmöglich macht.

Vielleicht liebe ich doch, aber es kommt nicht an der Oberfläche an, sondern befindet sich bloß in meinem Unterbewusstsein.

Oftmals spüre ich: Da ist etwas. Da ist mehr als nichts.
Liebe? Gier? Die Gier nach Liebe (Sehnsucht)?

Nach einiger Zeit siegte jedoch die Qual und ich fühlte mich gezwungen, wieder zu gehen: „Fakt ist: Ich komme immer wieder. Und wieder. Und wieder. Und wieder. Somit gehe ich im Grunde genommen nie wirklich, da ich bloß durch den Tod gehe, denn nur dieser hindert mich, wieder und wieder zurückzukommen."
So verließ ich den Raum, um ihn bald wieder zu betreten.

Jeder Mensch tut alles bloß für sich selbst: Ich komme meinetwegen immer wieder, nicht wegen ihm. Ich möchte das so.

Sofern er aufgrund meiner getätigten Äußerungen und wegen meiner äußerlichen Verklemmtheit aufgrund der inneren Zerrissenheit mit meiner Anwesenheit überfordert ist oder „nicht mehr kann", so möchte ich nicht der Tropfen auf den heißen Stein sein. Eventuell sollte ich besser gehen. Für immer. Um ihm nicht zu schaden.
Er sollte überlegen, ob und falls ja, welchen Sinn ich in seinem Leben habe, ob ich ihm nicht gar mehr schade als guttue. Er sollte einfach an sich selbst denken, wie man es ohnehin immer tut und eine reife Entscheidung treffen, statt mir indirekt vorzuwerfen, ich sei anstrengend für ihn.
Sein Problem mit sich selbst, welches er in mich hineininterpretiert, ist anstrengend für ihn. Nicht ich.
Das Problem seiner inneren Subjektivität, meine Subjektivität richtig zu deuten.
So wähle ich den Weg, stets ehrlich zu äußern, wie ich empfinde. Ich versuche, meine Gedanken laut werden zu lassen, doch leider können auch diese unter Umständen völlig falsch verstanden werden, trotzdem versuche ich es immer wieder. Es kostet „nur" Kraft und Mühe.
Leben und Liebe ist Arbeit; einen Sinn hat man sich selbst zu erarbeiten.

Falls das nicht funktioniert, gibt es noch – „Teufel sei Dank" – die Alternative des Geldverdienens, mit dem man das verdient, was man wohl verdient: keinen Sinn, sondern den (Geld-)Schein.

Liebe sollte nicht anstrengend sein und selbst wenn sie es ist, so sollte man diese Anstrengung gerne in Kauf nehmen, es wäre also keine Anstrengung im eigentlichen Sinne, erst recht keine, die man äußern oder vorwerfen müsste.

Liebe kann sowohl gute als auch schlechte Zeiten durchstehen, Liebe kann sowohl in guten als auch in schlechten Zeiten beginnen, denke ich.
Sofern dem nicht so ist, gibt es sie wohl doch nicht. Die wahrhaftige Liebe.
Nur die Ehrlichkeit zu sich selbst kann einen Menschen zum Glück führen.

Man kann mit Andersartigem leben, sofern man es akzeptieren kann.
Kann man dies nicht, sollte man es aus seinem eigenen Lebensweg schaffen.

Ähnlich sieht es bei dem Beruf aus.
Er muss Freude bereiten. Sofern nicht: weg damit.
Wobei wir dann wieder bei dem Problem namens Geld wären.
Das Geld müsste also bestenfalls abgeschafft werden.

Sofern Menschen unter uns sind, die ihren Job machen, weil er ihnen Spaß macht, so werden diese Menschen ihn auch ohne Geld weiter ausführen; falls nicht, war der Spaß wohl wieder eine Lüge; ein Scheinspaß.

Das Leben ist das einzige uns bekannte Etwas im Nichts.
Die einzige Möglichkeit, sich selbst zu entfalten – in Form eines Menschen, in der Hülle eines Körpers.

Vielleicht lebt jeder ein anderes (Innen-)Leben, doch ich bin davon überzeugt, dass fast alle von uns eines gemeinsam haben: Wir sind eingesperrt. Wir können nicht raus aus diesem Käfig. Dieses Leben auf dieser Welt ist die einzige bekannte Möglichkeit des Erlebens eines Lebens ohne Käfig. Der Körper ist kein Käfig, er ist das notwendige Werkzeug für die Freiheit unserer Seele. Er ist die Möglichkeit unserer Seele, zu sein.

Was machten wir? Wir bauten uns selbst einen Käfig und gaben ihm zig Namen (*„Arbeitsplatz"*, *„Solidaritätsgemeinschaft"*, *„Präsidentschaft"*, *„Kontinent"*, *„nur-Meins"* ...), sodass niemand mehr seinen richtigen Namen und seine Bedeutung kennt. Musste diese Weiterentwicklung tatsächlich stattfinden? Sie entspricht schließlich lange nicht mehr dem Sein.

Letztlich ist der Mensch jedoch auch ein bequemes Gewohnheitstier, welches auf gewisse Dinge im Leben nicht mehr verzichten *möchte (nicht: kann).*
Hat man verlernt, zu fliegen, ohne zu fliegen?
Wozu noch die eigene Seele? Weg damit. Ab in den Restmüll.

Man kennt es nicht anders, man ist es nicht anders gewohnt, man wird in ebendiesen Käfig hineingeboren.
Wer würde schon sein Haus gegen ein Zelt eintauschen?
Wer würde noch Getreide und Co selbst anbauen, sich selbst und eigenständig versorgen?
Welcher Mensch möchte das noch? Die Menschen haben keine Lust. Man hat keine Lust mehr, zu sein. Es reicht nicht mehr, nur zu sein. Lieber möchte man scheinen, um ein Scheinleben zu führen.

Sofern wir doch weitere Leben außerhalb des Planeten Erde leben können, so wird man in diesen Leben wohl voller Reue auf das Leben auf der Erde zurückblicken und erst zu spät erkennen, dass dieses (Er-)Leben das Etwas im Nichts war, die einzige Möglichkeit, sich zu entfalten, einen Körper zu erhalten, der das Handeln möglich macht – der das Sein erlaubt.

Ja, man wird sich selbst dafür hassen, diese Möglichkeit nie wirklich genutzt zu haben.
Doch der Mensch hat sich wohl entwickelt zu einem Menschen im Schein.
So wundert es mich nicht, dass uns schon heute die ersten Roboter ersetzen.
Roboter als Fortbewegungsmittel, als Nahrungszubereitungsmittel, als Kosmetikartikel etc. – alles, was das Scheinherz begehrt. Alles, um den Schein zu wahren.

Eines Tages wird dieser Schein und somit das Umgehen des Seins (unserer Bestimmung) sich wohl an uns selbst rächen. *Vor allem, wenn man an höhere Mächte glaubt, oder?*
Wenn keiner mehr ist, jeder nur noch scheint, so braucht es den Menschen nicht mehr.
Das Sein wird aussterben – der Mensch wird aussterben.
Den Schein können einfache, komplexe Roboter übernehmen.
Dafür braucht man uns nicht (mehr lange).

So denke und fühle ich. Doch eventuell muss man manchmal auch die andersdenkenden, nichts fühlenden*(?)* Menschen akzeptieren.
Jedoch sollte man bloß akzeptieren, sofern man mit den Konsequenzen seiner Akzeptanz leben kann.

Man muss nicht alles akzeptieren, nicht alles als gottgegeben ansehen, es sei denn, man kann es mit seiner eigenen Selbst vereinbaren; es sei denn, niemandem wird geschadet, es sei denn, niemand wird durch das Akzeptieren gewisser Umstände in seinem Sein beeinträchtigt. *(Asien, Afrika, Europa, ... weltweit akzeptiert man Zwang, Dienerschaft und moderne Sklaverei, Krieg und Hunger.)*

Der Gewinn; der Ertrag, den man aufgrund seiner Akzeptanz erhalten wird, wird dieser so wertvoll sein, dass man bereit ist, Kompromisse einzugehen?
Der Kompromiss, das andere zu akzeptieren?
Das kann bloß jeder für/mit/in/durch sich selbst entscheiden.

Trotz des Zwanges, aufgrund dessen ich mich nicht entscheiden darf, bin ich mal so frei und entscheide mich trotzdem: Ich entscheide mich gegen dieses Leben im Schein und für das Leben im Sein.

Sofern es andersdenkende Menschen gibt, so muss ich diese Menschen um mich herum wohl akzeptieren, denn ich kann sie nicht verbannen, doch werde ich nicht länger einen fremden Lebensplan leben.

Wer dies weiterhin für sich selbst für richtig oder gar notwendig hält – dieser Jemand geht wohl weiter den Kompromiss scheinen statt sein, um nicht zu verenden ein, aufgrund dessen jene, die sind, sterben. tagein, tagaus. Auch nachts ...

Das akzeptiere ich, doch wundert es mich schon, dass dieser Jemand selbst bereit ist für diesen Kompromiss.
Schließlich hat selbst das Verenden einen höheren Wert als das Scheinen, denn immerhin ist das Verenden ein Hinweis auf vorheriges Sein, wenigstens aber ein Hinweis auf eine vergangene, vorangegangene Möglichkeit des Seins.
Ich für meine Begriffe werde mein Leben – so gut es geht – jedenfalls nicht weiter durch die Ansichten von Scheinmenschen beeinflussen lassen.

Ich möchte vor allem nicht ohne Musik sein, nicht zwingend ohne meinen Laptop.
Oder ich mache meine eigene Musik, schreibe wieder per Hand?
Meine eigene Handlung, durchgeführt durch meine eigene Hand.

Meine Gedanken niederschreiben, um sie so auch äußerlich, körperlich, zum Teil meiner Selbst zu machen beziehungsweise beeinflusst so meine Selbst auch meine Hülle.
Eine Wechselwirkung. Eine Mehrdeutigkeit. Ein Sinn für die Hülle.
Ich könnte also meinen Körper für meine Selbst arbeiten lassen. Durch meine Selbst. Für meine eigene Selbst.

Diesen Kompromiss würde ich eingehen, sofern es mir bedingungsloses Sein ermöglicht.

Doch muss ich es mir nochmals überlegen, denn der Sinn ist sowieso bloß das Nichts neben dem Schein: Der Schein hat zu große Macht, als dass mein eigener Entschluss zu einem Sein für mich selbst führen könnte – trotz und wegen der Akzeptanz des Andersdenkens.

Sofern der Sinn das Nichts ist, warum und woher die Kraft aufbringen, etwas Eigenes zu schaffen? Ich fühle mich kraftlos und am Ende, so wie viele andere Menschen auch, jedoch treibt es *mich* in keine vier Bürowände mehr und wie einst erwähnt steht mir somit wohl ein Leben als Versager; als armer Schlucker bevor, der den Steuerzahlern den letzten Cent aus der Tasche zieht und natürlich: Ich bin somit der Mensch, der alles zerstört. *Stimmt.*

Ziemlich verwirrend, ich muss mir das alles nochmals überlegen. So verbringe ich den Rest meines Lebens wohl bloß mit einem: Überlegen.

Nach einem Plan suchend, der doch scheitern wird in einer Scheinwelt, für den man wohl doch keine Kompromissbereitschaft aufbringen kann.

Ich möchte die Tode und Kriege dieser Welt nicht akzeptieren, doch sie werden wohl niemals aufhören, so bleibt mir bloß das Niemandsleben, das Leben in Reue für die Taten und die Blindheit der Menschen – das Leben als der Buhmann.

Wenigstens ist es aber ein Leben, nicht eine Scheinlebenslüge. Schwierig. Ich werde mich nochmals mit mir selbst auseinandersetzen müssen.

Jedoch erscheint es mir unumgänglich: Ich werde wohl leider als armer Schlucker das fremdartige Geld fremder Menschen (Steuerzahler) annehmen müssen.

Irgendwie muss auch ich in dieser Scheinwelt überleben können, das gelingt mir in erster Linie nur durch die Flucht aus dem Schein, in zweiter Linie durch die Ausbeutung des Scheines in Form von der Annahme fremder Geldscheine.
Doch immerhin: Ich gebe meine Absicht offen zu.
Ob dies nun eine gute oder schlechte Entscheidung ist, möge der eigene Gesellschaftsstatus beziehungsweise jeder selbst entscheiden.

So werde ich versuchen, mir mein eigenes kleines Etwas im Nichts zu erschaffen, welches leider weiterhin von der Scheinwelt abhängt, schließlich ist sie die alles regierende Macht, die von mir ungewollt auch mein Leben weiterhin negativ beeinflussen wird.

Für meinen „Trotzdem-Versuch" benötige ich jedoch ein paar Abgaben der lieben Steuerzahler oder aber die Abschaffung der Steuer und der Geldzahlung.
Für diese gutsinnige Ausbeutung möchte ich mich entschuldigen.
Eine Entschuldigung verbirgt oftmals eine kleine bis große Lüge und eine Entschuldigung für ebendiese Lüge.
Ich entschuldige mich für ein Leben in Lüge, trotz des Versuches, wahrhaftig zu sein.
Ich entschuldige mich für die unsinnige Erwägung dieser Möglichkeit in einer scheinregierten Welt.

In einem Leben in ausschließlicher und aufrichtiger Ehrlichkeit zu sich selbst und somit zwangsläufig auch zu allen anderen, auch nach außen, ja; nur auf diese Weise gäbe es wahrhaftige Ehrlichkeit, wahres Sein.
Damit wäre auch die Entschuldigung als solche überflüssig.
Man bräuchte sie nicht mehr, denn Ehrlichkeit ist Erklärung und Grund genug.
Die Ehrlichkeit gegenüber sich selbst, das Eingestehen von Fehlern und das Verzeihen – ja, das funktioniert auch ohne dieses scheinheilige Wörtchen Entschuldigung.

Man kann sich nicht selbst die Schuld nehmen.
Man muss mit ihr leben (wiedergutmachen), um zu leben.
Das Wiedergutmachen erst lässt uns uns selbst verzeihen, nicht dieses eine Wort, auch kein anderes Wort.

Ich frage mich, welcher Jemand die Idee/das Konzept des Scheines einst entwarf und die Menschen so um das Leben durch Gedanken- und Gewohnheitsbeeinflussung und -ausnutzung brachte. Möglicherweise war es ein Niemand, der seine Selbst verloren hatte oder gar nie eine spürbare Selbst besaß.
Der Niemand vermisste sie trotzdem, er vermisste das Etwas im Nichts, er spürte diese unstillbare und schmerzliche Sehnsucht, die er nie befriedigen konnte, und so schuf er den Schein, wenn schon das Sein nicht möglich war.

Im Laufe der Zeit fand er möglicherweise weitere Niemande, die sich ihm anschlossen.
Es entstand das Geld, die Arbeitspflicht etc. und die Welt wurde zu einem Ort des Lebens von vielen Niemanden, die den Sinn falsch interpretierten, die zu verloren waren, um ihre Selbst zu suchen.

Mit der Zeit wurden einige dieser Niemande wieder zu Jemanden, die neue Niemande zur Welt brachten. Niemande, die den Schein erkennen und durch diese Erkenntnis ein Leben in Strafe leben. Ein Leben in unstillbarer Sehnsucht – ein Niemandsleben, welches in einer Scheinwelt ebenfalls ohne den Schein nicht aufrechtzuerhalten ist.
So müssen diese Niemande tagein, tagaus dem Tod ins Auge blicken, doch statt einfacherweise zu sterben oder sich selbst zu töten, zerstören sie und der Schein selbst sich Tag für Tag ein wenig mehr – ein langer, qualvoller Tod. Sehr gerne höre ich mir als zusätzliche Strafe für das Niemandshandeln weitere Vorwürfe von gutgläubigen Steuerzahlern an.
Ich bin und bleibe ein Taugenichts in einer Welt des Scheines.
Zum Glück.

Im Namen des historischen Niemands entschuldige ich als Niemand mich.
Dieser Niemand brachte eine Lüge in die Welt.

Wenn doch nur jeder etwas von sich aufgäbe, um die Welt ein bisschen zu verbessern und so das Sein eines Tages wieder zu ermöglichen. Ich gab immerhin meine eigene Selbst auf, die ich nun mühsam wiederfinden oder erschaffen muss.
Andere Menschen haben eventuell genug Geld, um etwas abzugeben.
Verteilt man das Geld weltweit gleichmäßig, so lebt möglicherweise jeder von uns in etwas ärmlichen Verhältnissen, doch dann wäre endlich jeder von uns wahrlich reich: so nah am Sein, wie seit Schaffung der Scheinwelt nie zuvor.

Ivan

Das Kennenlernen

Unsere Blicke treffen sich. Immer wieder. Unsere Blicke weichen einander aus. Immer wieder.
Gibt es Liebe auf den ersten Blick? Oder ist es eher Leidenschaft, die für diese Anziehungskraft sorgt? Ich beginne, mich beobachtet von ihm zu fühlen.
Es fühlt sich unangenehm an, hauptsächlich weil ich die Intention seines Interesses an meiner Person nicht zuverlässig einordnen kann.
Ein tolles Gefühl, begehrt zu sein. Ein fremdes Gefühl, begehrt zu sein.
Ich, die frühere dicke Außenseiterin, die ich innerlich wohl noch immer bin.
Nein. Er steht nicht auf mich. Sicherlich beobachtet er mich aufgrund meines merkwürdigen Daseins, eine Attraktion – wie ein Unfall – man kann nicht wegschauen.
Meine Zigarettenschachtel ist leer. Mist. Ich frage den Kneipengast neben mir nach einer Zigarette. Äußerst unangenehm, aber eine Sucht ist stärker als das Schamgefühl.
Er beginnt, stark angetrunken und entsprechend mit äußerster Anstrengung, mir eine Zigarette zu drehen. Dadurch macht es das alles noch unangenehmer, aber ich brauche eine Zigarette.
Plötzlich taucht neben dem Kopf dieses angetrunkenen Mannes eine Hand auf, welche eine Zigarette in meine Richtung hält. Ich nehme die Zigarette an, obwohl ich das Gesicht dieser Person noch nicht sehe.
Laut meinem Unterbewusstsein kann es nur dieser mich beobachtende Charmeur sein.

Er umgeht den links von mir sitzenden angetrunkenen Kneipengast und steht nun rechts von mir. Seine Augen sind tiefbraun, sein Haar ist tiefschwarz, sein Bart gepflegt und ebenfalls tiefschwarz. Ein Mann mit Tiefe. Ein Mann, der meine Sehnsucht versteht. Ein sehnsüchtiger Mann.
Nein. Rede dir bloß nicht zu viel ein, er ist ein Mensch wie alle anderen auch – meistens hinterhältig, aber selten aufrichtig.
Mein Misstrauen *in die Menschen* schafft es immer wieder, alles schlechtzureden.

Dennoch ist mein Interesse stark genug, um das Misstrauen unter Dach und Fach zu halten, die lauten Schreie jedoch gelangen trotzdem als flüsternde Gedanken in mein Hirn beziehungsweise Herz beziehungsweise Teil des Hirns, der gerne als Herz bezeichnet wird.

Ich bedanke mich für die Zigarette. Er beginnt ein Gespräch, fragt nach meinem Namen und weiteren Eckdaten. Sein Name ist Ivan und er befindet sich seit drei Jahren in Deutschland, sein Heimatland ist Syrien. Dann wird es still.

Ivan schaut nach links und sucht den Blick seines Kollegen. Dieser erwidert seinen Blick, lächelt und hält einen Daumen hoch. Ivan lächelt, auch ich kann mir ein leichtes Grinsen nicht verkneifen. Er scheint etwas schüchtern zu sein.

Es scheint, als würde er so etwas nicht oft machen: Frauen ansprechen.

Zwar verwundert es mich, aber es macht ihn auch deutlich sympathischer, ich fühle mich ihm fast vertraut. Jemand, der sich – wie ich – von der Masse abwendet und, beziehungsweise um nach der Echtheit im Leben sucht/zu suchen? Vielleicht.

Wäre da nicht mein Misstrauen, welches mich an meiner eigenen Theorie zweifeln lässt. „Als ob!", schreit es in den Fängen meines Interesses an Ivan meinem Hirn zu.

Nun verhalte auch ich mich entgegen meiner Gewohnheiten: Ich beginne, das Gespräch weiterzuführen und somit aufrechtzuerhalten.

Nach einigen weiteren Fragen und Antworten wird es wieder still, aber nicht unangenehm still. Unsere Augen übernehmen jetzt das Reden. Der Alkohol übernimmt das Unbefangensein. Nach unzähligen fast gierigen, aber dennoch liebevollen Blicken gleitet seine Hand unter die Theke, um nach meiner zu greifen. Kurz erschrecke ich mich, dann drücke ich seine Hand leicht, aber bestimmt und werfe ihm ein Lächeln zu. Er lächelt zurück. Wir halten uns an den Händen und schauen uns weiter in die Augen.
Dieses Gefühl, diese Situation bringt mich fast zum Platzen.
Was macht dieser Mann mit mir?
„Wollen wir uns nach hinten setzen?
Dort können wir ungestört reden", flüstert Ivan mir zu.
Hin- und hergerissen verweile ich noch eine Weile an meinem Platz.
Ob er mich wirklich für dumm genug hält, zu denken, wir werden lediglich reden?
Oder nutzt er das Reden eher als eine Art ironisches Synonym, von dem er weiß, dass auch ich die Ironie verstehen werde?
Weiß er, dass ich weiß, dass wir uns küssen werden und, dass ich ihn trotz dieses Wissens im Vorfeld zu den hinteren Plätzen der Kneipe begleite? Und überhaupt: Sollte das schon am ersten Abend, dem Abend des Kennenlernens, passieren?
Sollte man sich nicht Zeit lassen? Ist Ivan vielleicht doch ein Frauenheld?
Oder spürt auch er diese Vertrautheit, die das Zeitlassen unerforderlich macht?
Obwohl ich noch immer ziemlich unsicher bin, begleite ich ihn.
Wir sitzen nebeneinander auf einer gepolsterten Bank.
Erneut greift er nach meiner Hand und sucht nach meinem Blick.
Als ich den Blick erwidere, beginnt er, mich zu küssen.
Seine Küsse sind sanft, aber leidenschaftlich …

Markus
Neu

Ein anderer Tag, eine andere Uhrzeit (04:52), ein anderes Geschehen, andere Gedanken von ein und demselben Menschen. Oder habe ich seit meinem letzten Schreibtag bereits eine persönliche Veränderung durchlebt? Vielleicht. „Markus Neu". So speicherte ich die die neue Nummer meines Exfreundes ab, ohne zu diesem Zeitpunkt ahnen zu können, auf welch traurig ironische Weise dieser Kontaktname zu ihm passte.
Jetzt gerade terrorisiert er mich förmlich mit Anrufen.
Doch bis zu diesem Punkt ist im Voraus einiges passiert.
Er war meine erste große Liebe, zum ersten Mal in meinem Leben gab mir jemand so sehr das Gefühl – nach Jahren voller Spott aufgrund meiner Tendenz zum Übergewicht und aufgrund meiner Neigung zum Außenseitersein an und für sich – eine begehrenswerte Frau zu sein; trotz oder mit oder sogar auch wegen (?) meiner Makel. Schon relativ früh begann die Zeit, in der wir uns mehr zu hassen als zu lieben schienen. Er hatte die Tendenz zum Lügen (problemlos auch mit langem Augenkontakt), ein anscheinend kaum vorhandenes Gewissen, er war rechthaberisch und auf eine Art und Weise auch herrisch.
Liebt man eine Person von ganzem Herzen, so liebt man oft nur das Bild, welches man selbst von dieser Person hat. Doch wissen wir wirklich, wer dieser jemand ist? Machen unsere eigenen Gedanken jemanden für uns nicht automatisch zu jemand Fremdem? Und sind wir uns nicht eigentlich alle fremd, weil jeder eine ganz andere Gedankenwelt durchreist und niemand anhand von Worten verstehen würde, was der andere dabei wirklich denkt und fühlt? Gibt es wirklich für jeden Topf den richtigen Deckel oder konstruieren wir nicht selbst unseren eigenen Deckel?

Wie man sich selbst sieht, wie andere jemanden sehen und wer man ist – drei unterschiedliche Beleuchtungen einer Persönlichkeit.

Wie oft gehen verheiratete Menschen fremd, von denen man es niemals gedacht hätte, wie oft töten ausgeglichen scheinende Menschen andere Mitmenschen auf kaltblütigste Art und Weise? Wie oft haben Menschen schon Dinge getan, die wir ihnen von außen betrachtet niemals zugetraut hätten?

Man kann jedem Menschen sprichwörtlich nur vor die Stirn schauen.

Aber ich schweife ab.

In meinem Exfreund habe ich meinen Retter aus der Not, meinen Helden, einen mutigen und aufopferungsvollen Mann gesehen. Auch wenn er mal die Hand gegen mich hob, so habe ich das noch in ihm gesehen. Oder sehen wollen.

Ich konnte mich doch nicht so in einem Menschen getäuscht haben?

Eine Reihe von Vorfällen, darunter vor allem Lügen und daraus resultierende Eifersucht und Misstrauen, machten unsere Beziehung zäh wie Kaugummi.

Sie beflügelte mich nicht mehr, aber ohne sie konnte ich nicht leben.

Noch nie kam ich besonders gut zurecht im Leben (vor allem was zwischenmenschliche Beziehungen angeht) und endlich hatte ich Halt gefunden.

Halt in jemandem, der längst den Respekt vor mir verloren zu haben schien.

Aber Hauptsache Halt.

Wir haben zum Ende wegen jeder Kleinigkeit gestritten.

Er hat sich lieber auf der Toilette selbst beglückt als mit der einst so begehrenswerten Frau und ich habe schon in einer Frau aus einer Dessouswerbung Konkurrenz gesehen beziehungsweise gierte er in meinen Augen nur noch nach Frauenkörpern.

Was natürlich übertrieben war und zu unzähligen Dramen führte.

Und irgendwann fing er an, zu gehen.

Und ich fing an, ihm nachzurennen.

Immer wieder verbrachte ich Nächte alleine in unserer gemeinsamen Wohnung, nachdem er am Ende eines Streits wieder einmal alles beendete.
Mir riss es jedes Mal den Boden unter den Füßen weg – wie sollte ich ohne ihn leben?
Schließlich hatte er mir in jeder Lebenslage geholfen.
Ja, er war auch rechthaberisch und unterdrückend – aber darüber sah ich hinweg, denn wenn man liebt, geht man Kompromisse ein.
Doch diesen Kompromiss hätte ich niemals eingehen dürfen: Mich selbst für jemanden zu vergessen. Alles hätte ich für diesen Menschen getan, alles hätte ich diesem Menschen verziehen und genau dieser Mensch begann, Abschied von mir zu nehmen. Nicht nur einmal. Immer und immer wieder.
Und ja – es hat sich jedes Mal auch so angefühlt, denn ich konnte kein einziges Mal im Voraus wissen, ob ich nicht doch den Kampf um ihn verlieren würde.
Am Ende habe ich ihn verloren. Und den Kampf auch.
Oder vielleicht doch freiwillig aufgegeben, weil ich nicht mehr konnte?
Mein ganzes Dasein hatte ich nur noch durch „uns" definiert, ich habe für uns gelebt: geliebt, gelacht und viel zu viel geweint. Alles drehte sich nur um uns.
Meistens um unsere Probleme. Oder meine Probleme, die aber auch „uns" als eine mögliche Ursache haben. Wie anfangs erwähnt liebte er mich wohl auch wegen meiner Makel, also meines niedrigen Selbstwertgefühls.
Denn welche stolze Frau, welcher stolze Mensch würde so mit sich umgehen lassen?
Oftmals habe ich mich gefragt, ob er eigentlich versteht, welche grausamen Gedanken und Gefühle sein Handeln sowohl kurzfristig als auch langfristig in mir auslöste. Einerseits war da dieses unglaublich starke Gefühl, von dem ich bis heute nicht weiß, ob es Liebe war, oder einfach die Sehnsucht nach Weite in mir, die manchmal so qualvoll ist, dass ich einfach nur gehofft habe, schon angekommen zu sein.

Andererseits war es eine extreme Abhängigkeit von diesem Menschen.
Zu oft hatte ich meine Aufgaben in seine Hände abgegeben. Ich hatte verlernt, die Aufgaben des (täglichen) Lebens alleine zu erledigen und somit habe ich auch keine mögliche Lösung ohne ihn gesehen.
Er war für mich die Lösung meiner Probleme und gleichzeitig wurde er zu einem Problem, weil diese Probleme sich durch uns zu einem Drama um mein Ich entwickelten. Zu Beginn unserer Beziehung wusste ich nicht, wer ich bin, während unserer Beziehung war ich (auch in meinen Augen) die Freundin von Markus und nach unserer Beziehung hatte ich mich selbst verloren.
Die Phase der Selbstfindung hätte vermutlich schon viel früher eingesetzt, hätte ich diese Phase nicht jahrelang erfolgreich unterdrückt.
Für mich war es einfacher und schöner, mich als Teil eines Paares zu definieren, als über mich selbst und meine Vorstellung zu leben nachzudenken.
Vielleicht weil ich wusste, dass ich mit meinen Vorstellungen alleine bleiben könnte.
Und weil ich Angst hatte vor dem Alleinsein. Weil das Alleinsein Gedanken zulässt, die ich vielleicht nicht zulassen wollte. Allerdings hätte ich sie zulassen müssen, um zu werden wer ich bin.
Jetzt stehe ich mit Mitte zwanzig in diesem Leben und frage mich, welchen Sinn meine ganze Vergangenheit eigentlich hatte und wer ich überhaupt bin und vor allem wie ich nun die restlichen Lebensjahre für mich sinnvoll füllen soll – wie soll man das auch wissen, wenn man nicht einmal weiß, was man eigentlich will, geschweige denn wer man ist.
Seither fühlt sich alles irgendwie betäubt und fremd an.
Noch immer habe ich das Gefühl, in meinem alten Kinderzimmer nicht ganz (wieder) angekommen zu sein und das nach einem halben Jahr inklusive Renovierung.

Wahrscheinlich, weil ich eigentlich nie zurückwollte – nie einen Schritt zurück im Leben (von der Selbstständigkeit zurück

ins Hotel Mama), aber auch nie den Schritt zurück in meine mit negativen Gefühlen behaftete Vergangenheit.
Vor dem Augenblick des „Rückeinzuges" hatte ich riesige Angst. Innerlich bereitete ich mich schon auf Nächte voller Tränen vor.
Ich wusste, welche Gedanken und Gefühle mir Angst machten: In jedem Krümel würde ich ihn wiedererkennen und schmerzlich an den Verlust von ihm und von meiner neuen (jetzt alten) Welt erinnert werden.
In meiner alten (jetzt neuen) Welt würde mich alles an meine Vergangenheit erinnern.
Aber vor allem war da die Angst vor der Sinnlosigkeit und die Angst vor meiner quälenden Sehnsucht nach etwas Undefinierbarem – ich nenne es Weite, das trifft es am ehesten. Aber dieses Gefühl blieb – bis auf ein paar seltsame Flashbacks – aus. Es ist ein Vor-mir-her-Leben. Meine alte Welt ist eine andere, neue Welt geworden.
Eine neue Welt, die sich irgendwie fremd anfühlt. Fremd oder vielleicht auch einfach nicht richtig, ich weiß es nicht. Fehlen einem die finanziellen Mittel als junger Mensch, bleibt manchmal leider nicht mehr als die Unterkunft im Elternhaus.
In einer eigenen Wohnung würde es mir wohl nicht anders ergehen: Alles fühlt sich leer und sinnlos an, aber vor allem irgendwie befremdlich.
Leider habe ich keinerlei Ahnung, wo ich mich zuhause fühlen würde und welche Umstände mir ein Gefühl von Sicherheit und (Selbst)Vertrautheit (nicht Selbstvertrauen, aber das ist vermutlich eingeschlossen) geben könnten.
Aus meinem Leben möchte ich etwas Eigenes machen.
Aber dafür muss ich erst einmal herausfinden, was mich zu etwas Eigenem macht.
Genau in dieser Phase der Selbstverwirrtheit bahnte sich eine zweite Chance für Markus und mich an. Es begann mit der Räumung unserer letzten gemeinsamen Wohnung. Dort trafen wir nach ungefähr vier Monaten erstmals wieder aufeinander. Am Ende des Tages nahm er mich in den Arm und klang reuevoll und einsichtig.

Er sagte, er vermisse mich jeden Tag.
In erster Linie endete dieser Tag für mich mit einem Gefühl des Triumphes.
Immer wieder rannte ich ihm nach, niemals hatte ich diese Worte aus seinem Mund für möglich gehalten und vor allem nicht mehr zu diesem Zeitpunkt.
Mein neues Leben hatte ich mittlerweile akzeptiert beziehungsweise stehe ich einfach jeden Morgen aus mir noch unerklärlichen Gründen auf und lebe den Tag, ohne ihn wirklich zu leben, da mir das Gefühl von Leben fehlt. Leben = Sein = Freiheit = Glück.
Ja, ich denke, dass es dieses Gefühl gibt und es mir einfach nur fehlt.
Sobald ich dieses Gefühl endlich verspüre, weiß ich, wird das Leben einfach sein.
Einfach, egal wie schwierig die Umstände jemals sein mögen.
Nach diesem gemeinsamen Tag in der alten Wohnung beschlossen wir, den Kontakt zu halten. Nicht mehr, aber (leider?) auch nicht weniger.
Mir war bewusst, dass es so fast unmöglich werden würde, die Welt als Paar loszulassen und vielleicht war auch genau das meine Hoffnung: dass es noch Hoffnung für ein UNS gab.
Aus ein paar Textnachrichten wurden irgendwann Treffen für ein paar intime Stunden. Diese Stunden steckten voller Leidenschaft und gleichzeitiger Vertrautheit und vor allem Genuss. Die Unverbindlichkeit des Ganzen mit einer Person, an die ich einst gebunden – ja förmlich gefesselt – war machte es spannend.
Spannend vielleicht auch deswegen, weil es insgeheim meine Hoffnung bestärkte, es gäbe eine Chance für ein weiteres Uns.
Es folgten ein paar weitere Treffen und irgendwann begann er, seine unterdrückende und befehlerische Art auch sexuell einzusetzen.
Textnachrichten wie „Schick mir ein Nacktfoto von dir, das ist die Voraussetzung für das nächste Treffen", „Ich kann dir Geld für ein neues Auto geben – du kannst es abbezahlen oder du verdienst es dir" etc. ließen mich vorerst doch wieder Abstand nehmen.
Es folgten keine weiteren Treffen und es fühlte sich besser an.

Nicht noch einmal wollte ich mich – sei es auch nur sexuell – abhängig machen und das Gefühl haben, für die Nähe und Zuneigung einer Person in gewisser Weise gehorsam sein zu müssen. In dieser Zeit lernte ich Ivan kennen – und ich entschied mich dazu, ihn näher kennenzulernen. Jedoch gab Markus (erstaunlicherweise) nicht auf. Immer wieder wollte er sich mit mir treffen, immer wieder lehnte ich ab. Bis zu dem Tag, der mich zunächst entscheidungsunfähig werden ließ. Wir sprachen über Treffen mit guter Aussicht für eine gemeinsame Zukunft. Der Möglichkeit, es nochmal miteinander zu versuchen – irgendwann vielleicht. Dort stand ich also mit der Wahl zwischen einer neuen Partnerschaft und einem somit neuen Risiko oder der alten Partnerschaft. Mit einem Partner, der mich tatsächlich lieben musste. *Er kennt mich bereits in- und auswendig* (so dachte ich) *und möchte mich trotzdem zurück*: Ich konnte mir sicher sein, *er liebt MICH und nicht die Ausgabe von mir durch eine rosarote Brille.* Markus wollte mir helfen, nachdem ich ihm von meiner jetzigen Situation (arbeitslos, arbeitsunfähig krankgeschrieben, finanziell überlastet, …) im Vertrauen erzählte. Zunächst war ich dankbar, doch schleichend fühlte ich mich wieder unterdrückt.

Ich merkte, dass in der Zeit des Alleinseins in mir (trotz Unwissen über meine Selbst) eine Kraft gereift war. Diese Kraft gab mir den notwendigen Stolz, Widerworte zu geben. Jedoch kannte Markus das nicht von mir. Er sagte mir, ich hätte mich verändert. Letztlich stellte ich fest, dass auch er sich verändert hatte. Nicht seine Lebensumstände oder seine Art zu reden, sondern ER. Verzweifelt suchte ich nach meinem Markus, doch vor mir stand ein Fremder.

In einer Nacht voller Gedanken wurde mir dies bewusst und es wurde eine Nacht voller Tränen. Ein zweiter Abschied von Markus, aber dieses Mal für immer, denn ich fand ihn nicht mehr – er war wie für mich gestorben. Nicht aus Wut „für mich gestorben", sondern tatsächlich verschwunden und für mich nicht mehr greifbar.

Damit einhergehend kam mir die Gewissheit, dass ich die Wahl hatte, in einer Lüge zu leben oder mich auf die Reise ins Unbekannte zu begeben.

Ich entschied mich für Letzteres und teilte Markus meinen Entschluss mit.

Seither spricht er von weiteren freundschaftlichen Treffen und bietet mir noch immer seine „Hilfe" an. Manchmal glaube ich, das ist seine (viel zu extrem ausgeprägte) Art, Sympathie oder gar Liebe zu zeigen.

Doch ich weiß nun, dass diese Art von Liebe krank macht.

Zudem möchte ich mein Leben aus eigener Kraft regeln und nicht durch den Druck einer Kraft von außen.

Ein Brief
an die beste Freundin

Liebe Beste-Freundin-Seele,

eigentlich habe ich nach dem Winnie Pooh Bär für Dich gesucht und war umso enttäuschter, als ich ihn nicht mehr gefunden habe. Du sagtest, in deiner Kindheit hattest du auch einen Kuschelbären und deshalb wäre es toll, diesen zu haben. Mein Plan war also eigentlich, dir damit eine Freude zu machen. Im Nachhinein bin ich jedoch froh, den Bären nicht mehr gefunden zu haben. Warum ein Kuscheltier aus der Vergangenheit (Kindheit) nachahmen, wenn es auch die Möglichkeit gibt, dir Kuscheltier(e) zu schenken, zu denen du in ein paar Jahren als erwachsene, noch reifer als ohnehin schon (reif im Sinne von gedanklich reif) gewordene Frau sagen wirst: Das hat mir damals meine beste Freundin geschenkt – es war eine tolle Zeit, manchmal waren wir zwar etwas genervt von der Welt, aber gegenseitig konnten wir uns Trost spenden, zusammen über den ganzen Mist fluchen und das Wichtigste: Wir konnten zusammen lachen. Lachen, auch wenn die aktuelle Lebenssituation von beiden eigentlich nicht zum Lachen ist oder war. Es gibt nichts Wertvolleres als Menschen, die es – egal wann und wie – schaffen, jemandem ein Lächeln ins Gesicht zu zaubern.

Manchmal bedauere ich, dass wir nicht schon viel früher so gute Freundinnen wurden.
Du gibst mir Kraft – einfach durch die Anwesenheit deines tollen Charakters.

Umso mehr hoffe ich, dass die Kuscheltiere in ein paar Jahren nicht nur ein Sinnbild für die Erinnerung an mich und unsere Freundschaft darstellen werden.
Ich möchte auch als (vermutlich verbitterte) Oma noch dein Bratan sein.
In meinem Herzen jedenfalls wirst du immer mein Bratan sein, ganz egal ob wir uns streiten – denn danach vertragen wir uns wieder.
Ganz egal, ob wir uns ignorieren – denn früher oder später meldet sich einer von beiden wieder.
Ganz egal, dass wir irgendwie doch unterschiedlich sind – denn dadurch ergänzen wir uns.

In meinen Augen bist du eine sehr starke Persönlichkeit. Natürlich – ich habe deine Tränen gesehen, dich in Situationen erlebt, in denen dir alles ziemlich sinnlos erschien.
Dennoch: Ein Mensch, der es schafft, dass es leidenden Menschen besser geht, und das obwohl er selbst leidet, ist ein Mensch mit unglaublich starkem Charakter.
Es ist ohnehin ein Zeichen von Stärke, weinen zu können, und vor allem: vor einem anderen Menschen zu weinen. Ich bin froh, dass du vor mir weinst und ich es auch vor dir kann.
Ich brauche keine Freunde, bei denen ich nur stark sein kann und darf. Mir reicht eine beste Freundin, der ich mein ganzes Ich zeigen kann, ohne diese Angst, zurückgewiesen oder nicht anerkannt zu werden.

Mittlerweile bin ich so weit zu sagen: Niemand kennt mich so gut wie du. Niemand weiß so viel über mich wie du. Und niemand akzeptiert mich so wie Du.
Du glaubst nicht, wie viel Kraft Du mir gibst – auch ohne Rat und Tat; einfach nur, weil es Dich in meinem Leben gibt. Ich bin dankbar, dass du fragst ob wir uns sehen. Jemand, der mich immer mal wieder aus (m)einem eintönigen Leben reißt und es mir ermöglicht, ein gewisses Gefühl von Freiheit zu spüren. Es tut gut, mit Dir reden zu können.

Aber was mir verdammt guttut: Die Musik im Auto laut zu drehen und einfach mitzusingen – egal ob man alle Töne trifft. Musiktexte zu fühlen, Melodien nachzuempfinden und die innere Verklemmtheit für einen Moment zu vergessen – das gibt mir irgendwie ein Gefühl von Freiheit.
Mit NIEMANDEM außer Dir kann ich so sein: einfach alles loslassen, sich keine Gedanken machen, ob das jetzt komisch wirkt, wenn ich einen Song mehr schreie als singe.
Denn ich weiß: Wenn Du den Text kennst, wirst du mitsingen und falls nicht: Du lässt mich einfach singen. Du lässt mich einfach sein – Ich sein.
Andere Menschen wären irgendwann so genervt und würden vermutlich schreien: „Jetzt halt den Mund!" Aber nicht bei uns. Und das ist für mich eines der größten Dinge im Leben.

Noch immer weiß ich nicht genau wer ich bin oder was ich von diesem Leben erwarte, aber eines, das weiß ich: Ich wünsche mir, dass Du immer Teil meines Lebens bleibst, weil du genau das bist: ein Teil von mir. Es mag vielleicht etwas übertrieben klingen, aber Du bist meine Spontanität, meine Verrücktheit, mein Loslassen, mein Glaube an bessere Zeiten … Ja, durch dich habe ich das alles wieder zurückerlangt und es ist ein tolles Gefühl.

Unsere Freundschaft wird für mich immer über allem stehen. Auch, wenn es in Zukunft mal nicht so wirken wird. Du weißt, wie sehr ich mich manchmal in Beziehungsdinge stürze, vielleicht sogar die Neigung dazu habe, schnell emotional abhängig zu werden.
Aber genau das ist der entscheidende Punkt: Du bist nicht Teil meines Lebens, weil ich Dir gefallen möchte und ich bei dir nach Sicherheit und Geborgenheit suche.
Du bist Teil meines Lebens, weil ich mit Dir – ganz automatisch – die beste Version von mir selbst bin beziehungsweise, weil Du mir die Möglichkeit gibst, diese zu werden (und zwar meine eigene Bestversion, nicht die allgemein gesellschaftlich anerkannte oder gar geforderte Bestversion).

Denn du nimmst mich einfach wie ich bin. Egal ob euphorisch, glücklich, zickig, naiv, …
Innerlich hoffe ich, du denkst ähnlich über mich. Ich weiß, du hast einen deutlich größeren Freundes- und Bekanntenkreis als ich (ich wage zu bezweifeln, ob ich solch einen Kreis überhaupt besitze) … Trotzdem wünsche ich mir, dass ich für Dich auch ein besonderer Mensch bin. Aber ich bin – zur Abwechslung – so selbstbewusst zu sagen: Ich glaube das bin ich.
Immerhin nennst Du mich Bratan und das sagt man schließlich nicht einfach so!
Nach dem ganzen Gerede über Gott und die Welt möchte ich zum Schluss noch ein paar Worte über dein Geschenk verlieren:

Wie bereits erwähnt bist du in meinen Augen ein unglaublich starker Charakter.
So stark wie eine Löwin. Nein. Noch stärker. Eine Löwin mit Einhorn. Mit Glitzereinhorn.
Doch auch Löwinnen weinen. Eigentlich macht genau das eine Löwin aus: Schmerzen zu spüren und spüren zu können und dennoch diese innere Stärke zu besitzen und das innere Leuchten niemals zu verlieren.
Geht es Dir mal schlecht, so möchte ich für Dich da sein. Und bin ich physisch mal nicht in deiner Nähe, so möchte ich es zumindest mental sein (daher das Schnuffeltuch, welches wenigstens einen süßen Bärenkopf hat, sei es auch leider nicht der Kopf von Winnie Pooh).
Im Leben gibt es manchmal Rückschläge und ganz egal, wie hart dich jemals etwas zurückwerfen wird, ganz egal wie tief die Trauer, egal wie hoffnungslos eine Situation auch sein mag: Du bist niemals allein.

Verliere niemals den Glauben an Dich selbst – ich werde immer an Dich glauben.
Glauben ist das falsche Wort. Wissen. Du sollst wissen, dass du super bist, denn ich (und viele andere Menschen auch) wissen es bereits ganz genau.

Du bist super, weil du Du bist. Nicht wegen irgendwelcher Schulausbildung, nicht wegen irgendeines materiellen Besitzes, nicht wegen deiner Coolness (wobei wir schon verdammt cool uncool sind und ich uns dafür mehr als liebe).
Du bist Mandy. Und das reicht vollkommen aus, um super zu sein.
Schon früher wusste ich, dass du ein cooler Mensch mit einem guten Sinn für Humor bist.
Aber heute weiß ich, dass Du eine Löwin bist.

Danke für alles, das Du mir – vieles ohne es überhaupt zu wissen oder gar zu beabsichtigen – gibst. Ich freue mich auf weitere Jahre voller Spontanität aber auch Gelassenheit, voller dummer Entscheidungen aber auch kluger Rückschlüsse, voller stundenlanger (scheinbar sinnloser) Gespräche aber auch das Erlangen gedanklicher Reife, voller Verrücktheit aber auch das Zurückkehren zur Vernunft und das Gefühl, da ist jemand der „diesen ganzen Shit" einfach mitmacht …
Mal als stiller und unterstützender Begleiter, mal als Teil eines zweiköpfigen Teams, aber immer als Freund.

Und mir wird klar:

Ich habe einen riesigen Freundeskreis.
1000 Freunde in einer einzigen Person.
1000 Eigenschaften in dem Charakter eines einzigen Menschen, von denen viel zu viele Menschen nicht einmal eine Eigenschaft besitzen.

Vielleicht haben wir noch immer nicht die wahre Liebe gefunden (oder verschließen unsere Augen davor). Was wir aber schon jetzt gefunden haben, ist wahre Freundschaft – **wir sind reich**.

Überraschung, dieses Gedicht trägt den Titel „Manchmal"
Nein. Der Titel lautet:

Manchmal braucht es nur die Anwesenheit eines sehr guten Freundes

Manchmal weiß ich nicht mehr weiter,
doch Du machst mich trotzdem wieder heiter.

Manchmal frisst eine innere Sehnsucht mich fast auf,
dann drehen wir einfach die Musik laut auf.

Manchmal möchte ich keine Menschen sehen,
doch ich weiß: zu dir kann ich immer gehen.

Manchmal hasse ich mich und meine Eigenarten,
doch du wirst niemals Perfektion von mir erwarten.

Manchmal, wenn es mir sehr schlecht geht,
spüre ich, wie mein Herz nach einem Freund fleht.

Manchmal möchte mein Herz die Weite entdecken,
dann fahren wir irgendwo hin – egal ob mit
oder ohne Einchecken.

Manchmal wird mir in stillen Momenten bewusst:
Unsere Freundschaft schenkt mir wieder etwas Lebenslust.

Manchmal wünsche ich mir,
ähnlich wichtig bin auch Dir.

Manchmal ist es einfach an der Zeit zu sagen:
Ich habe dich lieb und bin unendlich froh, dich zu haben.

Obwohl wir doch unterschiedlich und oftmals anderer Meinung sind, habe ich immer das Gefühl, da ist jemand, der mich irgendwie versteht. Jemanden zu verstehen bedeutet nicht, die gleichen Ansichten zu vertreten. Jemanden zu verstehen bedeutet ... jemanden zu verstehen.
Ja. Jemanden einfach zu verstehen. Vielleicht, weil man ihn schon sehr gut kennt.
Vielleicht, weil man trotz aller Unterschiede und Eigenarten eine freundschaftliche Seelenverwandtschaft gefunden hat ...

Danke und Bitte,

in tiefster Freundschaft

Sandra

Fazit
Die Vermutung der Existenz von Liebe

Es bedarf der Akzeptanz des anderen, der Subjektivität und somit das Bewusstsein dafür, dass niemand denkt, fühlt oder gar ist wie man selbst, was nicht das Allein*sein* zur Folge hat, eher wohl das „Selbstbewusst*sein*".
Jedoch ist diese Akzeptanz nicht durch das Angleichen aneinander umzusetzen, sondern durch das wahrhaftige Akzeptieren. Das wahrhaftige Akzeptieren fällt niemandem leicht, dennoch ist es der einzig erfolgversprechende Weg, um aufrichtig zu lieben.
Das Resultat dieses Bewusstseins ist die aufrichtige Ehrlichkeit gegenüber dem anderen, schließlich kann ein anderer Mensch niemals fühlen wie man selbst, denken wie man selbst oder sein wie man selbst.
Es gibt bloß „auf jeden Topf den passenden Deckel", oder sind wir doch alle bloß menschliche Pfannen?
Nur wer aufrichtig liebt, fühlt *sich selbst geliebt*.
Ob das Gegenüber (das Vielleicht-Du) aufrichtig liebt, weiß nur er oder sie selbst.
Man kann also nur darauf vertrauen (nicht glauben), dass auch der andere das andere akzeptiert und somit ehrlich ist. Kann man sich Liebe bewusst sein?
Der Liebe seiner Selbst in jedem Fall, um diese zu erreichen, sollte man sich selbst erkennen und kennenlernen, um sich letztlich selbst am besten zu kennen. Nur jener Mensch, der sich seiner Selbst und deren Wert bewusst ist, kann sich seine eigenen Fehler verzeihen und somit sich selbst akzeptieren.
Schafft es ein Mensch, sich selbst mit allen Fehlern zu akzeptieren, so schafft er es mit links zu anderen ehrlich zu sein, weil er sonst nicht anders kann – nur ehrlich. Ehrlichkeit ist das, was eigentlich jeder

Mensch kann, was aber nur die wenigsten dauerhaft als Lebenskonzept umsetzen, dabei könnte sie beinahe alles im Leben ersetzen. Denn ist nicht der Schein das Wertvolle, sondern das Sein beziehungsweise das Sein-können-und-Dürfen.
Ist also die Liebe nur die Akzeptanz des Andersartigen?
Ja, sie ist nur das. Sie ist das, was uns allen am schwersten fällt; das, was eines Tages fehlte und durch den Schein ersetzt wurde.
Die Liebe ist das Sein als Wir. Die Verschmelzung zweier Selbst zu einem Wir, ohne dass des jeweiligen Selbst je unterdrückt wird oder verschwindet.
Dort, wo das Sein erlaubt ist – dort herrscht die Liebe.
Wenn jeder sich selbst liebt, wird jeder auf dieser Welt geliebt. Das ist Fakt.
Die Liebe eines anderen kann man bei Zweifel nur hinterfragen und der Ehrlichkeit der Antwort, der Ehrlichkeit des anderen zu seiner Selbst, trauen.
Doch woher dieses Vertrauen in einer Welt des Scheins?
Genau daher rührt wohl mein Misstrauen gegenüber der Liebe.
Um trotz des ewigen Misstrauens vertrauen zu können, bedarf es viel Mut, mir scheint dieser Mut fast unaufbringbar. Doch liebt man einen Menschen wahrlich, so wird man diesen Mut aufbringen; auch in dieser Welt.
Man kann sich die Liebe selbst schaffen.
Ob man am Ende eine Lüge gelebt und damit nicht wahrlich geliebt und gelebt hat, weiß nur der andere, jedoch weiß man selbst: Man hatte den Mut, zu lieben.
Mutigen Menschen widerfährt der Sage nach Gutes, verlogene Menschen verdienen meiner Sage nach viel Geld.
Nur ein Scherz vom Gesellschaftsrande.
Verlogene Menschen zahlen mit dem Verlust ihrer eigenen Selbst, das sollte Bestrafung genug sein; führten sie doch ein Leben zum Schein.

Dennoch gibt es auf dieser Welt auch das böse Böse, welches auch eine Strafe nicht scheut oder sich dessen noch nicht bewusst ist.
Unwissenheit schützt vor Strafe nicht.

Man spürt auch ohne Wissen, ob das eigenen Handeln falsch oder richtig ist; ob das eigene Handeln sich selbst und anderen schadet.
Die Lüge macht das Lieben und das Sein zum Schein, für beide beziehungsweise alle Parteien.

Die Akzeptanz der eigenen Fehler und deren Äußerung gegenüber anderen führt zu zwei Möglichkeiten:

1. Dem Verlust einer falschen Scheinliebe oder -freundschaft.
2. Dem Glück von wahrer Liebe oder Freundschaft.

Denn Liebe fragt nicht nach Glück. Sie existiert oder sie existiert nicht.
Der bloße Schein ist gleichzusetzen mit einer Lüge und somit nicht wahrlich existent.
Wer liebt, kann verzeihen. Wer wahrlich liebt, begeht nur verzeihbare Fehler; begeht also keinen ständigen Betrug, wendet keine körperliche Gewalt (Hass ist auch im äußeren Schein leicht zu erkennen) an etc.
Der Hass ist leicht zu erkennen, jedoch nur schwer zu bekämpfen. Dazu benötigt es den Mut von jedem guten Menschen, zu lieben, um gemeinsam den Hass und das Böse zu eliminieren.
Ein Jemand alleine kann dies nicht schaffen, ein Niemand wohl auch nicht.
Ein letzter Funken Hoffnung lässt meinen Gedanken, meine Vermutung an das Gute im Menschen, nicht aussterben.
Das ist wohl auch der Grund, warum ich zu einem Niemand wurde oder es schon nach Verlassen des Geburtskanals war.
Keiner außer mir scheint noch Hoffnung zu hegen, so scheint es mir zu sein, ob es so ist; weiß ich nicht. Der Schein hat mich schon immer geblendet, bleibt er, so werde ich selbst wohl an meiner eigenen Hoffnung, die zur Enttäuschung wurde, verenden. Dem Schein konnte ich bisher noch kein Sein entnehmen, weshalb ich natürlich nicht wissen kann, ob das Gute oder das gute Böse in der Überzahl ist. Vermuten aber darf man es. Wo-

bei vermuten der falsche Begriff ist, ich vermute das ausschließlich Böse, doch fühle das Gute in der Überzahl.
Leider können auch Gefühle, so scheint es mir, durch den Schein getäuscht werden.
So stellt sich die Frage, ob man selbst tatsächlich lieben kann. Man könnte es, in einer Welt außerhalb des Scheins.
Sollte mein Gefühl richtigliegen, so wird das Handeln des Guten die Folge sein.
Sollte es nicht richtig sein, werde ich es wohl immer bleiben: dieser Niemand.
Hat man je geliebt? Kann man lieben? Wurde man je wegen seiner Selbst geliebt?
Besteht einmal dieser feste Zweifel, so hat nichts (außer das Nichts) in dieser Welt noch einen Sinn.

Wie viel Liebe wohl eigentlich auf uns wartet, werden wir vermutlich nie erfahren, nur erahnen, nur fühlen, in uns, als diese ungestillte Sehnsucht.
Lieber investieren wir jedoch diese Sehnsucht in die Scheinliebe.
Es fällt mir sehr schwer, zu lieben. Ich weiß nicht, ob ich es kann; das Lieben.
Gar weiß ich nicht, ob *irgendwer* das seit der Machtübernahme des Bösen noch kann.
Hätte man sonst die Macht des Bösen je zugelassen?
Würde man sonst nicht endlich gegen das Böse ankämpfen?
Ich weiß es nicht, meiner subjektiven Vermutung nach jedoch schon.
Wie sich mir erneut zeigt: Arbeitslosigkeit und eine gewisse Distanz zum Bösen bilden die einzige Möglichkeit, das Innere (die doch in mir vorhandene Selbst?) zu hören.
Denn: Sie existiert.
Manchmal macht sie auch mir noch Angst, in meinen Augen gibt es nichts Schlimmeres als einen wahrlich kranken Geist.
Doch allmählich erkennen wohl auch die Jemande auf ihre subjektive Art und Weise: Krank ist nicht gleich krank. Arbeitslos ist nicht gleich arbeitslos.

Es gibt das gute Böse. Das im Schein Gute kann im Umkehrschluss nur das Böse sein, das anscheinend Böse ist auch im Sein das Böse, denn Minus ergibt Minus.
Die Formel gilt auch in der Sprache (dem menschlichen Handeln).

In einer Welt des Bösen ist der wahre Glaube: der Glaube an die Liebe.
Schließlich kann man sie nur erahnen, wohl nie von ihr wissen, denn was als Liebe verkleidet ist, ist niemals ein Synonym, nicht die Definition oder gar der Beweis von Liebe.

Außer: Man findet den Beweis in sich selbst.
Das waren sie, *meine* Schlussworte zur Liebe.
Mein Ende *der* Liebe.
Mein Beginn *meiner Liebe*?

PS: Vielleicht-Du schenkte mir zu Beginn der schimmernd-schönen-gleichzeitig-grausigen Romanze eine glitzrig-schimmernd-schöne Armbanduhr. *Seine* Interpretation der *Sprache der Sprache*: „Es braucht nur Zeit"? Oder spricht längst *die Sprache* zu uns: „Es wird Zeit!"?
Die Sprache ist nur schwer zu verstehen, ist sie gedämmt durch den Schein.
Wer eigene Gedanken zulässt, hört und spürt sie: **Die (An)Sprache der Sprache.**

Der Abstand zur Liebe –
aus Liebe oder Ausliebe?

Auszüge eines digitalen Gespräches am Folgetag der Liebesvermutung:

Ich: Wie spät musst Du morgen weg?

Du: 14 oder 15 Uhr

Ich: Und wie lange genau?

Du: Ich glaube bis Donnerstag
(Du beginnt eine neue Arbeit inklusive Montage)

Ich: Ok, *ich will* ehrlich zu Dir sein. Es wird Dich vielleicht verletzten, doch *nicht so sehr* wie *Du* gestern (nicht bewusst wissend) *mich* verletzt hast. Doch ich *bin* verletzt.
Ich fühle mich beleidigt und möchte Dich deswegen erst mal nicht sehen.
Meine Absicht ist aber eine *gute*, auch wenn Du sie nicht siehst.
Dennoch liebe ich Dich sehr.
Was *Du* glaubst und davon hältst, musst *Du selbst* entscheiden.

Du: Was meinst du damit?

Ich: Ich möchte mich nicht *immer* wiederholen müssen, bloß weil Du *nie richtig* hinhörst.
Das ganze letzte Gespräch, vor allem das Ende, *war für mich* eine Beleidigung.

Du: Gestern habe ich gesagt, dass ich *weiß*, dass du ein Buch schreibst.
Ich habe nur gedacht, das ist nicht die *ganze* Wahrheit für deine Abwesenheit.
Es *war* keine Beleidigung.
Was *ich Dir* aber jetzt mal *ehrlich* sage: Ich bin mir *sehr* sicher, dass *Du mich* nicht mehr willst. *Deswegen* machst Du das alles „*extra*", um *mich* loszuwerden. Aber es ist alles gut, wenn Du mich nicht willst; *sag* das. *Sag* es einfach.

Ich: Liest Du auch das „für mich", wenn ich Dir schreibe, dass es „für mich eine Beleidigung war"? Was es für Dich war – keine Ahnung. Mich hat es jedenfalls (trotzdem) verletzt. Sorry für meine Ehrlichkeit.

Du: Ich habe nur gesagt, dass das nicht der wahre Grund für dein Verhalten sei.
Niemals habe ich gesagt, dass ich deine Idee von einem Buch für lächerlich halte.
Es freut mich doch, wenn es Dir Spaß bereitet.
Aber ich habe nur geglaubt, das sei nicht die Wahrheit.

Ich: Doch, ich will Dich noch immer und genau deswegen kann ich Dich jetzt nicht sehen. Das wirst du wohl nie verstehen. Ebenso, wie ich Dich manchmal nicht verstehe.
Manchmal muss man akzeptieren, dass der andere anders ist und denkt und somit Kompromisse eingehen. Wahre Liebe ist ein Kompromiss.
So sehe ich das, du siehst es anscheinend anders.

Du: (Sprachnachricht)
Ich verstehe nicht, warum wir gerade streiten. Wegen was? Ich habe nichts über dein Buch gesagt, nur die Wahrheit wollte ich wissen. Also sagtest Du mir, du schreibst ein Buch. Zuerst glaubte ich Dir nicht, dann schriebst ... Was schriebst Du nochmal? Ich habe es vergessen. Doch: Du schriebst ein weite-

res Mal, es sei die einzige Wahrheit und danach war es für mich gegessen.
Ich versprach Dir doch, ich werde kein Wort über deine Arbeit verlieren; so wie Du es als Voraussetzung letztlich wolltest, um mir endlich davon zu erzählen.
Ich sagte, wenn Du mir die Wahrheit sagst, werde ich über die Wahrheit nichts sagen.
Das tat ich auch nicht. Ich hielt es bloß nicht für die Wahrheit.
Ach, ich bin jetzt richtig sauer auf Dich. Richtig sauer. (laute Stimme)
(weitere Sprachnachricht)
Ich meinte das nicht so und du denkst immer falsch von mir. Immer. Immer!
Und ich möchte Dich nicht verletzen oder sowas.
Weißt Du, heute wollten Freunde von mir kommen, weil ich bald immer mal wieder mehrere Tage abwesend sein werde und ich habe alles abgesagt, weil ich eigentlich Dich sehen wollte. Aber jetzt nicht mehr. Ich möchte Dich heute nicht sehen.
(im Hintergrund hört man ein lautes Klopfen an der Tür und eine Stimme rufen)

Ich: Du nimmst meine Arbeit nicht ernst genug. Nicht ernst genug, um es für „die Wahrheit" zu halten. Ich bin die Arbeit, Ich therapiere mich selbst, die anderen können es nicht, Ich schreibe meine Gedanken auf, vielleicht wird am Ende ein Buch daraus Muss ich noch mehr sagen?
Du nahmst meine Arbeit nicht ernst, doch ist sie meine einzige Zuflucht, ALSO NATÜRLICH DIE WAHRHEIT.
Du hältst meine Arbeit und somit auch mich für eine Lüge, das kann in deinen Augen nicht der (einzige) Grund für meine Abwesenheit sein. Denk mal nach. Bitte.
Ich glaube genau richtig, doch anscheinend glaubt sonst keiner mehr richtig.
Seit wenigen Tagen glaube ich wieder ein bisschen an mich selbst und dann kommst Du, nennst es eine Lüge, Mich – eine Lüge. Denk mal tiefer. Nicht nur an der Oberfläche.
ICH bin sauer.

Du: (Sprachnachricht, immer mal wieder im Hintergrund eine weitere Stimme)
Ich habe das schon verstanden. Über dein Buch habe ich NICHTS gesagt.
Lediglich habe ich gesagt, dass es wohl nicht die Wahrheit ist, da muss etwas anderes dahinterstecken. Wenn du ein Buch schreibst, ist das normal, ganz normal.
Aber DU machst das alles EXTRA, weil Du Dich irgendwie rächen möchtest oder mich loswerden möchtest, weil du Angst hast, meine Abwesenheit nicht zu ertragen.
SO meinst DU das.

Ich: Es war mir klar, dass Du so denken wirst. Schade. Ich denke ganz anders als Du.
Verstehst Du? Ganz anders. Vielleicht ZU anders für Dich.
Du siehst immer nur das Böse in mir und hinter allen meiner Aussagen, Ich will nur Gutes und deswegen bin ich ehrlich. Ausschließlich indem ich ehrlich zu Dir bin, kann ich weiterhin mit Dir zusammen sein. Nun bin ich ehrlich und sage:
Ich kann Dich jetzt nicht sehen, weil Du mich verletzt und nicht oder ständig falsch verstehst. Doch: Ich will Dich. Für immer.
DAS heißt doch „Ich liebe Dich". So sagtest es selbst Du, so denke ich es auch.

Du: Warum bist Du verletzt? Was habe ich gemacht? Was ich gestern gesagt habe, finde ich ganz normal, ich habe gar nichts über dein Buch gesagt. Gar nichts.
Bloß, dass es nicht die Wahrheit sein kann. Du sagtest „Doch" und ich antwortete „Ok".

Ich: Du hast mein Buch, meine Arbeit, die Suche nach meinem Ich für eine Lüge gehalten. Du dachtest, eigentlich steckt etwas anderes hinter meinem Verhalten.
Dem ist nicht so, sondern so wie ich es sagte.
Warum erkennt man die Beleidigung darin nicht? Es ist so offensichtlich.

Du: (Sprachnachricht)
Neiiin, Nein. Ich habe bloß geglaubt, da gibt es noch etwas anderes. Ich habe nicht gesagt, dein Buch an sich sei eine Lüge. Ich glaube Dir, dass Du ein Buch schreibst.
Freut mich doch, wenn Dich das glücklich macht oder wenn es Dir Spaß macht.
Ich dachte nur wie gesagt, es sei nicht der wahre Grund für dein Verhalten.
Und was willst du jetzt?
Sorry, wenn ich Dich verletzt habe. Sorry, aber so meinte ich das nicht.

Ich: Sind deine Kollegen schon da?

Du: Jaaa, nur einer. Aber keine Sorge: Er versteht kein Deutsch.

Ich: DU bist der einzige Lügner zwischen uns beiden.
Sorry, aber ich werde ein paar Tage nicht zu erreichen sein.

Du: *(zwei genervte Emojis)* Tschüss.
– *Ende des Gesprächs* –

Meine Annahmen zu meiner Abstandnahme:
In erster Linie bin ich enttäuscht, weil mein Noch-kein-Buch und somit in gewisser Weise auch Ich selbst als Lüge, mindestens aber als nicht ausreichender Grund für eine Dauerbeschäftigung angesehen werden.
Jedoch *war ich* dauerbeschäftigt *wegen* des Schreibens, *wegen* des Suchens.
Einen Menschen, der sich bereits für einen „Niemand" hält, treffen solche Worte gleich in doppeltem Maße. *Wie es bei anderen ist? Weiß ich nicht.*

Letztlich wollte ich doch *mir nur* etwas beweisen, wollte meine Selbst finden oder wenigstens erschaffen und das *ohne* Beeinflussung von außen.

Nun *ist ihm* mein Plan jedoch bekannt, weil ich mich einst *für ihn* öffnete.
Mir selbst fällt *keine größere* Beeinflussung als *jene* einer Lüge ein; *der* Vorwurf, nicht existent zu sein. Wie *ein* Niemand. Bloß *ohne* Hülle.
Wie *der* Schein.

In zweiter Linie bin ich enttäuscht, weil man *mir* das Lügen vorwirft.

In dritter Linie bin ich enttäuscht, weil *ebendieser* mir gegenüber misstrauische *Mensch selbst lügt*. *Mich* anlügt. Die, die *von Beginn an* ihm schon sagte: „Ehrlichkeit ist mir das Wichtigste", sie als *Voraussetzung* für das Bilden eines Paares verlangte.
Er willigte ein. *Wohl nur zum Schein?*
Die, die *immer wieder* diese Wichtigkeit betonte *und noch immer* betont.
Immer wieder. Die, die selbst oft *(genug?)* ihre Ehrlichkeit zeigte durch das offene Zugeben von begangenen Fehlern. Auch aber, indem sie *antwortet*, was ihr Inneres *spricht*; was sie *subjektiv denkt*, wenn man sie fragt *„Was denkst du gerade?" „Was hast du so gemacht?"*.
Auch aber bei vermeintlichen Kleinigkeiten wie *„Liebst Du mich?"*.

Ist Liebe der Verrat gegenüber der Selbst?
Ich fühle mich in einer gewissen Weise verraten und um mich selbst betrogen.
Meine eigene Schuld? Hätte ich ihn nie so tief einblicken lassen dürfen?
Weil er es ausschließlich falsch, nämlich anders als das Ich verstehen kann?

Ob er mich überhaupt sehen wollte?
Da ist er wieder. Der *Zweifel an* allem. Das *Wissen um* Nichts. Und *die Wut.*

Ist man *wahrlich* enttäuscht, so braucht man den Abstand statt Nähe. Die Nähe macht *die* Nähe schlimmer, schließlich kann *alles,* was das Gegenüber sagen oder *machen* würde, bloß falsch *wirken*; nur nach weiterer Lüge und gleichzeitigem Misstrauen *wirken*. Zumindest subjektiv. Auf mich.

Die Frage, ob man verzeihen und akzeptieren *kann* , kann man *nur* mit sich selbst *ausmachen oder wenigstens aus machen* – *die innere Frage.*
Leider hat der Mensch jedoch keine Fernbedienung seiner Selbst. Oder? Ist der äußere Ein-Schein diese Fernbedienung? Das Glauben an die Objektivität?
Daran glaube ich persönlich nicht.
Ich *muss* mich mit meinen Gedanken auseinandersetzen um Eines zu werden, zu sein.
Deswegen wollte ich ihn vorerst nicht sehen.

Die Frage, ob man jemandem die *Missachtung der Selbst* verzeihen kann und die *zeitgleiche* **Frage, ob die „eigene Selbst" vom Gegenüber** *tatsächlich* **missachtet *wird***, kann man *ebenfalls* nur sich selbst beantworten, *zumindest* soweit man das *selbst* und *subjektiv* beurteilen kann – *also eigentlich gar nicht.*
Man *kann* daraus *nur das machen (= handeln)*, was *man selbst* darin sehen *möchte.*
Niemand ist immer ehrlich.
Daher kann ich vorerst von ihm **nichts sehen, nichts hören, nichts lesen. Nichts.**
Doch das Vielleicht-Du sieht in einem stets bemühten, ehrlichen Menschen *bloß* die Lüge, den Zeitvertreib?
Hat der Mensch längst die Lüge, den Schein erkannt, sieht sie in allem und lügt als einzige Antwortmöglichkeit?

Grundidee/meine ursprüngliche Absicht: Der Abstand ist auch nötig, um eventuell vorhandene, jedoch nicht beweisbare wahre Liebe kurz einzufrieren, statt sie durch Worte voller Wut zu zerstören.
Doch der Mensch griff wohl schon immer lieber zur Waffe.
Wie immer: Es bleibt meine subjektive Meinung.

Ob dies nun noch immer meine Meinung ist – weiß ich noch nicht. Ich brauche erst mal Abstand.
Hoffentlich hatte Vielleicht-Du noch einen tollen letzten Abend mit seinen Freunden.
Ja – das meine ich ehrlich und ernst und ausschließlich so.

In vierter, nicht zu vergessender, Linie bin ich enttäuscht, da ich ihm von dem sich in mir aufbauenden Druck erzählte, der entsteht, sobald *auch nur ein anderer* von meiner Arbeit weiß, bevor diese fertig ist. Bevor ich selbst entscheiden konnte, ob sie gut oder schlecht ist.
Dieser Druck entsteht wohl auch, weil das Vielleicht-Du mir viel bedeutet und diese Bedeutung mich zwingt, ein bedeutendes, wenigstens jedoch gutes „Lebenswerk" zu schaffen. Dennoch erzählte ich ihm davon, da ich dachte, ich könne ihm vertrauen.
Vertrauen, dass er meine subjektiven, bereits geäußerten Ängste wahrlich gehört hat und diese in seiner Subjektivität möglichst berücksichtigt.
Er hat das Schreiben eines Buches nicht bewertet.
Er hat es „nur" entwertet.
Um dennoch weiter daran arbeiten zu können, um *meinem Buch und mir selbst (Wir? Du?)* wieder einen Wert zu verleihen, sei er auch gering. A*uch deswegen* sah ich mich also gezwungen zu meiner Abstandnahme zur Scheinliebe oder Vielleichtliebe.
Aus dem Egoismus, meiner entstehenden Selbst treu zu werden und zu bleiben.

Gründe

Nach dem Ende meiner Geschichte, das wohl unabhängig von deren Ausgang gleichzeitig der Beginn meiner eigenen Geschichte ist, möchte ich nun noch die geschichtsauslösenden Gründe nennen.

Es begann eines Nachts, als ich alleine auf dem alten Zweisitzledersofa inmitten des Chaos meines kalten, dunklen Schlafzimmers saß und mich selbst (das eigentliche Chaos) in der Musik eines anderen vergaß. Anonym verfasste ich den folgenden YouTube-Kommentar über einen deutschen Musiker.

Dieser Musiker trägt eine Maske zum Schutze seiner Identität, sodass die Nicht-Nennung seines Pseudonyms mir als einzig richtig erscheint.

Vielleicht liest manch ein Jemand auch zwischen den Zeilen und vermag den angesprochenen Musiker zu erkennen, ich denke diese Eventualität trotz Maske muss wohl ein jeder so hinnehmen; der Mensch erwartet letztlich doch auf alles (das Nichts) eine Antwort.

Zugleich stelle ich mir die Frage, welche maskierten Musiker sich wohl (fälschlich) angesprochen fühlen werden; ihr Ich in einem anderen Du sehen beziehungsweise suchen werden.

Diese Art von falscher Suche war auch die Intention meines eigenen YouTube-Kommentares, welchen ich nach zwei Tagen wieder löschte.

Zum Glück wurde meine Äußerung bis dato weder bewertet noch kommentiert oder be-/verurteilt.

War es doch schließlich eine Nachricht an mich selbst, das Ich endlich in mir suchen zu müssen. Eine Nachricht an meine Selbst, die NIEMANDEN außer mich selbst erreichen sollte.

Von niemandem außer mir selbst gelesen, verstanden und beurteilt werden sollte.
So beurteilte ich sie als den Beginn meiner Suche, verurteilte sie jedoch nicht; bis heute nicht.
YouTube-Beitrag:
„Ich schäme mich fast, da ich ‚Pseudonym' erst jetzt entdeckte, doch werde ich trotz allem weiter seiner Musik lauschen, da sich die Nähe zu einer verwandten Seele äußerst vertraut anfühlt. Gut möglich, dass ich klinge wie einer von vielen Groupies, vielleicht bin ich tatsächlich nicht mehr als das.
Vielleicht aber ist dieser Beitrag bloß die Äußerung meiner Freude, einen Menschen mit einer möglicherweise ähnlichen Gedankenwelt (und somit anscheinend ähnlichen Ansicht *der* Welt) gefunden zu haben. Ganz gemütlich in „seim' Keller" – hier könnte ich sicher eine Weile verweilen, um zu entspannen …"

Das Wichtigste gehört – auch in meiner Welt – an den Schluss:

Freundschaft – die Fast-das-was-Liebe-auf-der-Welt-hätte-werden-wollen-Verbindung

Die Freundschaft gleicht einer Fastliebe. Zumindest, wenn der Freund ein wahrer ist.
Mein bester Freund wirkt auf mich wie ein wahrer Freund.
Mit „auf mich wirken" ist nicht gemeint, dass dieser Freund auf meine eigene Selbst einwirkt oder einzuwirken versucht. Im Gegenteil.
Schließlich ist „wirken" das Gegenteil von „scheinen" und somit „handeln".
Dieser Freund wirkt auf mich wie ein Freund durch seine Handlungen: Sprache und Taten, wobei Taten wohl grundsätzlich den höheren Stellenwert in meiner Welt einnehmen, denn Worten sollte man nicht zu sehr trauen, kann man sie doch biegen und brechen.
Vielleicht wirkt er sich doch aus auf die eigene Selbst: der wahre Freund.

Doch ist dem so, ist es der einzige Mensch, der es kann, ohne die Selbst im Kern zu verändern. Man kennt das Sprichwort „Du machst mich zu einem besseren Menschen".
Somit wäre die Freundschaft in ihrer Wertigkeit der Sprache annähernd gleichzusetzen.
Klingt nach einem tollen Konzept für (m)eine Welt.
Dieser Freund ist ganz anders als ich.
Er wirkt extrovertiert, selbstbewusst und meistens lebensbejahend trotz Phasen der Zweifel. Ich gebe ehrlich zu: Anfangs nervte dieses offensichtliche Anders*sein*.
Häufig sprachen wir über Themen wie Liebe, Eifersucht, Ängste, Träume und Ziele oder bloß die Wahl des Abendessens.
Es stellte sich heraus, dass dieser Freund nicht nur „Ja und Amen" sagte, sondern seine eigenen Vorstellungen vom Leben, seine eigene Selbst besitzt.
So wirkt sich ihr Auftreten aus.
So entstand aus dem ein oder anderen Gespräch eher eine hitzige Diskussion über die richtige Ansicht der Dinge.
Doch es gibt sie nicht, die eine Ansicht; die Objektivität.
Zum Schluss der Diskussionen sagten wir meist Sätze wie: „Dann habe ich Dich wohl falsch verstanden", „Das tut mir leid" oder selten auch „So habe ich das noch nie betrachtet – danke für den Hinweis".
Sicher gab es auch Tage, an denen wir uns nichts zu sagen hatten. Auch Tage, an denen wir uns ignorierten, da wohl beide unterbewusst spürten: Es braucht diesen Abstand.
Nach diesem Abstand, in dem wohl jeder sich mit sich selbst und seinen Gedanken beschäftigte, meldet sich stets einer von beiden. Immer wieder.
Nichts als die stetige Ehrlichkeit.
Wir akzeptieren uns so, wie wir sind. So wirkt es zumindest auf mich.
An der Seite meines Freundes kann ich sein, wer ich bin: nämlich so, wie ich in diesem Moment sein möchte. Er gab mir das Gefühl des annähernden Seins.
Die Akzeptanz des Andersartigen verkörpert wahre Freundschaft.

Ob mein bester Freund ähnlich von mir denkt, das weiß ich nicht, es interessiert mich aber auch nicht weiter.
Denn wird es (und sollte es) meine subjektive Sicht dieses Freundes nicht beeinflussen.
Gibt es mehr als ein Etwas im Nichts?
Bisher fand ich die Freundschaft und die Sprache. Vielleicht versteckt sich hinter all dem Schein in dieser Welt noch mehr. Ich bin gespannt, was noch so zum Vorschein kommt und ob es eines Tages zu einem kommt: dem Sein.

„Melde Dich, wenn Du wieder zu erreichen bist."

Notiz meiner „Beinahe-Selbst":
*Lieber Freund, das **werde** Ich.*
*Bei Dir **als Erstes**.*
*Denn gehört **das wahrlich Wichtige** an den Beginn;*
*in das **Leben**, nicht (nur) an das Ende, den ...*

*... **Du**? Hallo? **Ich bin**'s. Hi.*

*Freundschaft hält ein Leben lang, denn **ist** die wahre Freundschaft lebenslang.*
Und was machen wir nun mit der Liebe und dem Schein?
*Lassen wir es ... **sein**? (Achtung: sexuell-unangehauchte-Doppeldeutigkeit)*

Einblick

in ein weiteres Buch

Hallo. Mein Name ist Sandra.
Dieses Buch handelt von meiner Suche nach dem Seelenheil.
Ich schrieb bereits ein Buch, welches ich jedoch verbrannte.
Es war ein Buch über Gott und die Welt; mir gelang es, die Welt und Gott sowie deren Entstehung auf eine neue, andere Art und Weise zu erklären.
Die Folge war eine schwere Psychose, wobei ich noch heute einiges als sehr real empfinde.
Das Ende der Geschichte: Ich hielt mich für Gott.
Nun hoffe ich, dass alles wieder normal wird – ich will wieder die alte Sandra werden, die ich vor meinem Hinterfragen war.

Schon immer war ich eher introvertiert und empfand eine tiefe Sehnsucht in mir.
Vielleicht die Sehnsucht nach wahrer Liebe.
Gleichzeitig bin ich sehr menschenscheu und wenig selbstbewusst und stehe mir daher oft selbst im Weg.
Nach fünf Jahren Beziehung folgten ein paar Männerbekanntschaften und eine weitere halbjährige Beziehung, welche er beendete, als die Krankheit begann. Er sei „zurzeit nicht bereit für eine Beziehung", meine Nummer scheint er mittlerweile gelöscht zu haben, gelegentlich besucht er noch mein Profil auf einer Onlinedatingplattform.
Was mir blieb ist meine Familie, innerhalb welcher es nie ganz rund lief, und doch bin ich froh, sie zu haben, sie besuchten mich regelmäßig und sorgten sich um mich, ließen mich nicht im Stich.
Von Februar 2019 bis Juli 2019 befand ich mich in der Psychiatrie: zuerst auf der geschlossenen Station, dann auf der offenen

Station, wieder auf der geschlossenen Station und letztlich wieder auf der offenen Station.

Schon immer machte das Schreiben mir Freude und gleichzeitig machte es mich krank (mein erstes vollständiges Buch).
Aufgeben möchte ich meine Leidenschaft jedoch trotz allem nicht, schließlich ist es das Einzige, was ich kann – zumindest ein bisschen – und auch eines der wenigen Dinge, die mir Freude bereiten.
Unter anderem wurde in der Psychiatrie Ergotherapie angeboten, jedoch bin ich handwerklich nicht begabt und auch keine gute Malerin oder Zeichnerin.
Das Schreiben ist meine Leidenschaft.
Mein erstes Buch sollte (beziehungsweise war) mein Lebenswerk werden, doch leider verbrannte ich dieses in der Hoffnung, es ginge mir dann besser, doch das wurde es nicht.
Die Psychose wurde schlimmer, ich habe sehr leiden müssen und vieles wirkte sehr real – vielleicht war ein Teil davon auch real.
Doch mit dieser Frage möchte ich mich nicht weiter auseinandersetzen (zumindest versuche ich, Abstand zu gewinnen); ich möchte nach vorne schauen und irgendwie versuchen, wieder ein normales Leben zu führen. Ich hoffe, das Schreiben hilft mir dabei.

Nach der Grundschule besuchte ich die Realschule. Von der dritten bis zur neunten Klasse war ich übergewichtig und wurde stark gemobbt – daher wohl auch mein schlechtes Selbstbewusstsein, welches sich nicht durch das Abnehmen einiger Kilos automatisch wieder aufbaut.
Noch immer empfinde ich mich als etwas zu dick.
Mein Körper ist voller Narben, teils aufgrund von Dehnungsstreifen, teils aufgrund von selbstverletzendem Verhalten während meiner Schulzeit.
Ich war stets still und ließ alles über mich ergehen.
In der Vergangenheit hatte ich oft Rachegelüste, doch mittlerweile habe ich mich um Wichtigeres zu kümmern: mich selbst.

Auf die Realschule folgte das Absolvieren der Fachhochschulreife und eine Ausbildung zur Sozialversicherungsfachangestellten bei einer Krankenkasse.
Ich hatte keine Ahnung von diesem Beruf, bewarb mich einfach, weil es ganz okay klang.
Nach Abschluss meiner Ausbildung arbeitete ich ein paar Monate bei einer Krankenkasse, welche einige Kilometer von meinem Wohnort entfernt lag.
Wenig später begann ich ein duales Studium beim Finanzamt, doch schon schnell bemerkte ich: Das ist nicht das Richtige für mich.
So brach ich das Studium ab und begann bei einer anderen Krankenkasse zu arbeiten.
Nach einigen Monaten konnte ich mich nicht selbst weiter anlügen: Dieser trockene Bürojob mit festen Anweisungen erfüllte mich nicht.
Ich kündigte, ohne etwas Neues in der Hand zu haben – stattdessen schrieb ich mein erstes Buch, welches mir letztlich viel Unglück brachte: Ich war arbeitslos und arbeitsunfähig erkrankt und mein Führerschein wurde mir entzogen, da ich „einen verwirrten Gesamteindruck" machte (der Beginn der Psychose).
Um meinen Führerschein zurückzuerlangen, muss ich eine psychologische Untersuchung machen und diese selbst bezahlen.
Ich bin also ganz unten angelangt, obwohl mein Plan ein ganz anderer war: etwas zu finden, das mich erfüllt.
Aber vielleicht kann ich dies eines Tages doch noch erreichen.

Oft fühle ich mich sehr einsam.
Zwar habe ich meine Familie und meine beste Freundin, doch da ist immer dieses Gefühl/dieser Gedanke: „Keiner versteht mich", „Keiner denkt wie ich", „Keiner fühlt wie ich".
Alles kratzt bloß an der Oberfläche; Tiefgang – zum Beispiel in Gesprächen – erlebt man nur selten.

Die Langeweile verleitet schnell dazu, nachzudenken.
Entweder über Gott und die Welt oder über das eigene Leben.

Mein Exfreund nennt mein Verhalten „schlampig" und bezeichnet meine Suche nach Liebe als Ausrede.
Dies ist ziemlich verletzend.
Hinzu kommt, dass ich ihm vor einigen Wochen schrieb, dass ich ihn wohl ewig lieben werde.
Ich wollte ihn also zurück, doch er hat mittlerweile eine neue Freundin.
Trotzdem war er nicht abgeneigt, jedoch ließ er mich warten und beendete seine Beziehung zu dieser Frau nicht.
Zu lange warten, sodass ich begann, mich wieder für andere zu öffnen.
Ich lernte einen jungen Mann kennen und nach einigen Treffen schliefen wir auch miteinander.
Ehrlich wie ich nun mal bin, erzählte ich dies meinem Exfreund und die Folge war eine Aneinanderreihung von Beleidigungen, ich sei billig und schlampig geworden, habe die Kontrolle über mein Leben verloren.

Vielleicht habe ich das auch.
Vielleicht ist meine Suche nach Liebe bloß ein Zeichen purer Verzweiflung.
Oft fühle ich mich sehr einsam. Ich sehne mich nach einem Partner, der ähnlich versunken ist wie ich; nachdenklich, melancholisch, sehnsüchtig, ...

Doch meist kratzt alles bloß an der Oberfläche und ja, es stimmt: Die meisten Männer wollen wohl in erster Linie „nur das Eine".
Doch deswegen die Hoffnung und die Suche aufgeben?
Ich weiß es nicht. Meine Einsamkeit zwingt mich förmlich, weiterzusuchen.

Die Wochenenden in der Zeit meines Psychiatrieaufenthaltes verbrachte ich zuhause in meinem Elternhaus.
Mein Leben schien sich wieder zu normalisieren – ein komisches Gefühl.

Gleichzeitig ist da diese Hoffnung, dass alles normal bleibt/wird und diese Angst, es (die Psychose) könnte wieder von vorn losgehen. Mein Wunsch ist es, wieder ein ganz normales Leben zu führen: zuhause wohnen, arbeiten gehen etc. – einfach wieder auf eigenen Beinen stehen und nicht derart aus dem Leben geworfen zu werden.

Nun normalisiert sich also mein Leben langsam wieder und ich blicke zurück auf eine Erfahrung, mit der ich (noch) nicht so ganz umzugehen weiß – es ist einfach unglaublich, was mir passiert ist. Ob nun real oder nicht; ich kann es nicht vergessen, ich trage es mit mir herum, es hat mein Lebensgefühl negativ verändert: Wie oben bereits erwähnt ist da fast immer diese Angst, es könnte wieder etwas Eigenartiges passieren und gleichzeitig fühlt es sich (noch) fremd an, dass nichts Seltsames mehr passiert. Dennoch bin ich froh darüber und hoffe, es bleibt so, sodass nun meine Aufgabe ist, wieder (frei) leben zu lernen.

Soziale Phobie
und Binge Eating

Mittlerweile ist die Therapie in der Klinik ein Jahr her.
Ich habe lange nicht geschrieben, mir fehlten sowohl die Ideen als auch der nötige Antrieb.
Doch nun möchte ich meiner Leidenschaft wieder nachgehen, meine Suche nach dem Seelenheil dokumentieren.

Es begann in der täglichen Morgenrunde: Jeder sollte kurz äußern, wie es ihm/ihr geht und welche Pläne er/sie für den Tag hat.
Der Erste begann zu erzählen und mit jedem Erzähler wurde ich nervöser.
Mein Herz fing zu rasen an, mir wurde schwindelig und ich wurde ganz zittrig.
Es war so schlimm, dass ich die Runde verlassen musste, ohne mich zu äußern.
Außerdem traten diese Probleme auch in der Raucherzone auf, sodass ich ebenfalls begann, diese zu meiden.

Schon immer war ich ziemlich schüchtern, konnte Vorträge in der Schule nicht leiden und so weiter.
Doch so schlimm wie es nun ist, ist es erst seit meiner Psychose.
Wovor hatte ich Angst? Warum habe ich diese Angst?
Liegt es an dem Mobbing in Schulzeiten? Eine Spätfolge?
Ich weiß es nicht, jedoch weiß ich: So kann man kein glückliches Leben führen.
Ich habe beschlossen, wieder bei einer Krankenkasse zu arbeiten.
Rückblickend ist der Job zwar etwas trocken, doch auch interessant und letztlich meine einzige Möglichkeit, wieder Geld zu verdienen.

Für ein Studium fühle ich mich (noch) nicht bereit: neue Menschen kennenlernen, sich integrieren, …
Das bereitet mir zu große Angst und ich bin mir sicher, ich wäre wieder einmal ein Außenseiter.

Mein alter Chef hat mir einen Job in Aussicht gestellt, ich könnte ab Februar/März 2021 (nach meiner medizinisch-psychologischen Untersuchung für den Führerschein) beginnen.

Nun haben wir September 2020.
Es scheint mir einfacher, zurück in den alten Job zu gehen, als in eine ungewisse Zukunft (Studium)voller sozialer Herausforderungen.

Nun habe ich also ein paar Monate Zeit, weiter zu genesen und die sozialen Ängste zu behandeln.
Ich hatte bereits ein Erstgespräch bei einem Therapeuten: „Weshalb kommen Sie zu mir?"
„Wegen sozialer Phobie und Binge Eating."
„Wie äußert sich die soziale Phobie?"
Ich erwähnte die Morgenrunde und die Tatsache, dass ich nicht alleine einkaufen kann und auch Bus- und Bahnfahren für mich der Horror sind.
„Was läuft denn gut in Ihrem Leben?"
„Ich verstehe mich sehr gut mit meiner Schwester."
„Weiß sie von Ihren Problemen?" „Ja."
„Wissen auch Ihre Eltern davon?" „Nein."
Meine Eltern würden sich bloß unnötig Sorgen machen, Fragen stellen und vielleicht sogar die Diagnose in Frage stellen; sagen, ich sei vielleicht bloß schüchtern.
„Wie äußert sich das Binge Eating, wie viel essen Sie?"
„Eine Tüte Chips, eine Tafel Schokolade, zwei Stücke Kuchen, mehrere Toastscheiben; einfach alles, was ich finden kann."
„Was denken Sie, können Sie schneller in den Griff bekommen?"
„Das Essen."
„Oh okay. Warum?"

„Naja, ich denke, das Essen kann man mit Disziplin in den Griff bekommen, die soziale Phobie hingegen ist eine in mir tief verankerte Angst."

„Wie stellen Sie sich das vor? Einen Essensplan erstellen?"

„Ja, das wäre eine Idee."

„Sie sollten sich fragen, was sie statt des Essens tun wollen. Vielleicht essen Sie bewusst einen Apfel. Haben sie gewisse Fähigkeiten? Falls ihre Mutter nun hier sitzen würde, was würde sie sagen, können Sie gut?"

„Gedichte oder Texte schreiben."

„Ah schön. Vielleicht schreiben Sie ja über eine junge Frau, welche den Weg ihrer Genesung beschreibt, statt zu essen."

„Das ist eine gute Idee."

Der Therapeut gab mir also den nötigen Ansporn, wieder zu schreiben – über mein Leben, meine Phobie, mein gestörtes Essverhalten, Freundschaften und Liebe.

Ich denke, ich stopfe mich voll mit Essen, um meine Gefühle des Alleinseins zu verdrängen.
Vielleicht ist es manchmal auch aus Langeweile.
Zurzeit bin ich arbeitslos und habe somit viel Zeit.
Zu viel Zeit. Zeit, in der ich oft alleine bin.
Ab und zu treffe ich eine alte Freundin, mit der ich mich erst kürzlich wieder verabrede.

Die neue
alte Freundschaft

Lisa und ich waren zu Teenagerzeiten beste Freundinnen. Der erste Freund, die erste Zigarette, das erste Bier bis hin zur ersten Alkoholvergiftung – all das und vieles mehr erlebten wir gemeinsam.
Wir waren unzertrennbar.
Bis ein Mann unsere Freundschaft zerstörte.
Sie hatte sich vor mir bereits mit ihm getroffen, warnte mich vor ihm, er sei seltsam.
Er sei ihr nachgefahren und Ähnliches.
Trotzdem traf ich mich mit diesem Mann.
Ich fand ihn toll, sodass ich eine Beziehung mit ihm einging.
Meiner besten Freundin glaubte ich nicht, oder ich wollte ihr nicht glauben.
Aufgrund dessen brachen wir den Kontakt zueinander ab.
Wenige Jahre später schrieb Lisa mir: „Hey, ich weiß, du willst nichts mehr von mir hören, aber bitte gib mir die Chance, mich einmal zu erklären."
Ich ignorierte diese Nachricht.
Fast zehn Jahre nach unserer Freundschaft sehnte ich mich nach wahrer Freundschaft.
Meine vorherige beste Freundin war nun vergeben und in der Zeit, als ich in der Klinik war, fand sie eine neue beste Freundin.
Für mich hatte sie also nur noch ab und zu Zeit.
Heute ist unser Verhältnis distanziert, zumindest von meiner Seite, ich bin sogar ziemlich nervös in ihrer Gegenwart aufgrund meiner sozialen Phobie.
Sie ist also mehr oder weniger fremd für mich geworden.

Aufgrund dieser Sehnsucht schrieb ich Lisa: „Hey, wie gehts? Tut mir leid, dass ich damals nicht geantwortet habe."
Sie meldete sich zurück und wir verabredeten uns.
Es folgten mehrere Treffen und ihr fiel auf, dass ich sehr ruhig geworden bin.
Eines Abends kam es zu einer Auseinandersetzung.
Sie lud mich zu sich ein und ich erschien, jedoch ging ich nach einer kurzen Zeit wieder.
Darauf folgte dieser Schriftverkehr:
„Ohne das böse zu meinen, aber was verdammt ist los mit dir?
Du möchtest unbedingt kommen, dann bist du da, sagst aber die ganze Zeit nicht einen Ton.
Und vor allem dann für so kurze Zeit.
Ich weiß nicht, was ich davon halten soll.
Wenn du dich in unserer Gesellschaft nicht wohlfühlst, warum kommst du dann?
Ich meine es wirklich nicht böse, aber ich verstehe es einfach nicht und ich fühle mich da auch nicht gut bei.
Ich beziehungsweise wir (sie und ihr Freund) möchten es verstehen. Wir hatten uns auf den Abend gefreut und du bist dann wieder so zeitig weg, wobei ich mir denke, was wir falsch machen, dass dir unsere Gesellschaft nicht gefällt."
„Nein es ist alles in Ordnung, ich bin immer so ruhig, tut mir leid, aber nach der Psychose hab ich mich nunmal ziemlich verändert."
„Sandra, mal im Ernst, das alleine ist nicht der Grund dafür.
Vor allem ist es jetzt das zweite Mal, dass du so zeitig abhaust.
Es macht wirklich den Eindruck, als hättest du keine Lust hierauf, obwohl du mich gefragt hast, ob du kommen kannst.
Selbst wenn wir alleine sind, sprichst du nur das Nötigste. Bei dem Typen (Zu der Zeit traf ich regelmäßig einen Mann) scheinst du dich ja wohler zu fühlen, wenn du jeden Samstag bei ihm übernachtest und dort nicht so zeitig weg bist.
Verstehst du was ich meine?
Wir haben versucht, dich einzubinden und dir das Gefühl von Sicherheit zu geben, dass du dich wohlfühlst. Aber anscheinend reicht es nicht.

Finde ich sehr schade und Max (ihr Freund) übrigens auch."
„Bei dem Typen bin ich genauso still … Wenn du damit nicht klarkommst und euch das so sehr stört, dann okay, muss ich das wohl akzeptieren."
„Es ist nicht so, dass es mich stört. Es ZERstört mich, dich so zu sehen.
Verstehst du? Du warst meine beste Freundin, wir haben gelacht ohne Ende.

Vor allem dein Lachen habe ich so geliebt.
Mittlerweile ist nicht mal mehr dein Lachen echt.
Wir haben uns verstanden, ohne dass jemand was gesagt hat.
Mittlerweile verstehe ich dich nicht einmal mehr WENN du was sagst, weil alles irgendwie so kalt und ohne Emotionen ist."
„Und was soll ich dagegen tun? Es tut mir selbst weh, so zu sein, aber ich kann es nicht einfach so ändern, sonst würde ich es."
„Die alte Sandra ist nicht weg. Sie kommt oft genug durch.
Aber du lässt es nicht zu. Und das ist es, was mir weh tut.
Du grölst bei „Alter Mann" von Knorkator mit, hast Spaß wie Hölle und wenn du merkst, dass die alte Sandra durchkommt, dann machst du dicht.
Merkst du was?"
„Ja, aber es ist nicht so, dass ich das absichtlich mache, ich kann das nicht steuern."
Darauf folgte keine Antwort mehr und zwei Tage Funkstille.
Ich machte einen Status mit dem Lied „Join me" von HIM, worauf sie mich anschrieb „tolles Lied".
Außerdem sagte sie, wir müssen reden und sie wolle mir helfen.
Ich sagte, ich weiß nicht, ob sie mir helfen kann.
Sie antwortete, wenn ich will – ja.

Nach dieser Auseinandersetzung weinte ich zum ersten Mal seit langer Zeit.
Es verletzte mich, zu hören, dass ich kalt und emotionslos wirkte und sie gar mein Lächeln für falsch hielt.
Was war ich nur für ein Mensch geworden?

Als wir uns schließlich wieder trafen äußerte Lisa die Vermutung, ich sei eventuell aufgrund der Medikamente, die ich noch einnehmen muss, so verändert.
Auch in einem Gutachten zwecks Führerscheinzulassung wird beschrieben, ich habe ein „Parkinson-Aussehen", was eventuell an den Medikamenten liegen kann.
Ich denke, es ist eine Mischung aus beidem: meiner Phobie und den Medikamenten.
Aufgrund meiner Phobie bin ich oft angespannt und entsprechend sehe ich sicherlich aus.
An besagtem Abend waren vier Personen anwesend.
Dadurch gewann meine Phobie die Oberhand und ich verkrampfte innerlich wie äußerlich.
Ich sagte kein Wort oder vielleicht einen Satz.
Nach einer gewissen Zeit hielt ich diesen Zustand nicht mehr aus, sodass ich gehen musste.

Die ungewollte
Freundschaft Plus

Wie oben bereits kurz erwähnt, traf ich eine Zeit lang einen Mann.
Ich lernte ihn in einem Onlinedatingportal kennen.
Zwei Monate schrieben wir bloß, wir verstanden uns so gut, dass er anfing, „Ich … dich" zu schreiben, ohne, dass wir uns je gesehen hatten.
Ich hatte Angst vor einem Treffen, da ich mich zu dick fühlte und aufgrund meiner Phobie.
So zögerte ich es immer weiter hinaus, bis wir uns schließlich doch trafen.
Wir gingen eine Runde spazieren.
Es passierte nichts weiter, auch bei den nächsten drei Treffen nicht.
Bei dem vierten Treffen fragte er, ob er mich küssen dürfe. Ich willigte ein.
Beim nächsten Treffen übernachtete ich bei ihm, wir tranken gemeinsam Alkohol und es kam auch zu Sex.
Darauf folgten ein paar Treffen, an denen wir etwas unternahmen: Wir fuhren nach Münster, gingen einmal etwas essen (zum Glück saßen wir nebeneinander, sodass kaum Blickkontakt, welcher mich nervös macht, stattfand.) oder wir gingen am See spazieren.
Darauf folgten Treffen, bei denen wir bloß tranken und miteinander schliefen.
Außerdem machte er ein paar Äußerungen, die mich ziemlich verletzten.
Nachdem er mich zum ersten Mal nackt gesehen hatte, schrieb er mir am nächsten Tag: „Wenn du abnehmen möchtest, musst du Sport machen, Spazieren reicht nicht aus."
Als wir ein Musikvideo schauten, in welchem Frauen in Bikini zu sehen waren, sagte er: „So schlank warst du auch mal."

Seit diesen Äußerungen fühlte ich mich noch unwohler als ohnehin schon, vor allem das Nacktsein war schlimm für mich.
Nach gewisser Zeit merkte ich, dass sich keine Gefühle aufbauten und ich konnte die verletzenden Worte nicht vergessen.
Ich dachte, er mag mich nicht, wie ich bin.
Er sagte stets, er meinte das nicht so, er würde mich nicht dick finden.
Doch ich konnte ihm nicht glauben.
Schließlich beendete ich also diese kurze Beziehung.
Nun bin ich wieder Single und denke, ich werde mich vorerst auf mich konzentrieren.

Der seltsame

Exfreund

Mit meinem Exfreund Markus stand ich stets in Kontakt, mal mehr, mal weniger. Als ich noch in der Klinik war, schrieb ich ihm, ich werde ihn wohl immer lieben. Er hatte eine Freundin und somit wurde nichts daraus.

Nachdem ich oben genannte Beziehung beendet hatte, trafen wir uns. Wir gingen spazieren und schliefen miteinander. Danach fragte ich ihn öfter, ob er Zeit habe.

„Das wird heute zu spät.", „Ich bin heute Abend am See grillen." und weitere Gründe nannte er, warum er keine Zeit habe.

Irgendwann machte mich das Ganze so sauer, dass ich ihm schrieb: „Naja, ich denke wir lassen das mit uns, ist mir echt zu blöd, dir hinterherzurennen. Und außerdem bin ich nicht nur auf Sex aus, im Gegensatz zu dir. Deine lobenden Worte, ich sei ja eine so gute Freundin gewesen, kann ich so auch nicht ernst nehmen. Viel Spaß und schönes Leben dir noch."

Darauf antwortete er: „Worauf bist du denn sonst noch aus?"
„Mal schauen, was daraus wird."
„Es soll nur auf Sex basieren. Abwechslung vom Alltag."
„Daran habe ich kein Interesse."
„Falls du es wirklich ernst meinst, nimm die Kupferkette raus."

Ich glaube, ihm gefällt der Gedanke, ich könnte schwanger werden.

Des Weiteren schrieb er mir kürzlich, am Wochenende seien zwei Kumpels da, ob ich Lust habe, vorbeizukommen – auf einen Dreier oder Vierer.

Ich lehnte ab. „Was stimmt nicht mit ihm?", fragte Lisa, als ich ihr davon erzählte.

Ich weiß es auch nicht. Mit ihm eine Beziehung aufbauen? Der Gedanke erscheint mir mittlerweile eigenartig, sodass ich wohl vorerst Single bleiben werde.

Die Autorin

Sandra Sievers, geboren 1995 im deutschen Stadtlohn, wuchs mit ihren Eltern und ihren beiden Geschwistern in einem Eigenheim in Nordrhein-Westfalen auf. Nach der Grundschule und der Realschule absolvierte sie ihr Fachabitur im Bereich Gesundheit und Soziales und machte eine Ausbildung zur Sozialversicherungsfachangestellten. Nach einigen Jahren des Arbeitens in der Versicherungsbranche folgte die Erkrankung, die mit der Entstehung des Erstlingswerkes der Autorin untrennbar verknüpft ist. Heute befindet sie sich in therapeutischer Behandlung. Außerhalb ihrer schriftstellerischen Tätigkeit verbringt Sandra Sievers gerne Zeit mit Freunden oder sucht Inspiration und Erholung auf langen Spaziergängen. Eine besondere Rolle in ihrem Leben spielt auch die Musik, die sie – wie auch im Buch erwähnt – am liebsten lauthals mitsingend im Auto genießt.

Der Verlag

> *Wer aufhört besser zu werden, hat aufgehört gut zu sein!*

Basierend auf diesem Motto ist es dem novum Verlag ein Anliegen neue Manuskripte aufzuspüren, zu veröffentlichen und deren Autoren langfristig zu fördern. Mittlerweile gilt der 1997 gegründete und mehrfach prämierte Verlag als Spezialist für Neuautoren in Deutschland, Österreich und der Schweiz.

Für jedes neue Manuskript wird innerhalb weniger Wochen eine kostenfreie, unverbindliche Lektorats-Prüfung erstellt.

Weitere Informationen zum Verlag und seinen Büchern finden Sie im Internet unter:

www.novumverlag.com